当代作家精品
散文卷

主编　凌翔

布谷声声

孙尤侠 / 著

文化发展出版社
Cultural Development Press

图书在版编目（CIP）数据

布谷声声 / 孙尤侠著 . — 北京：文化发展出版社，2020.11

ISBN 978-7-5142-3242-4

Ⅰ. ①布… Ⅱ. ①孙… Ⅲ. ①散文集－中国－当代 Ⅳ. ① I267

中国版本图书馆 CIP 数据核字（2020）第 203124 号

布谷声声

孙尤侠 著

责任编辑：孙　烨

出版发行：文化发展出版社（北京市翠微路 2 号 邮编：100036）

网　　址：www.wenhuafazhan.com

经　　销：各地新华书店

印　　刷：唐山楠萍印务有限公司

开　　本：710mm × 1000mm　1/16

字　　数：200 千字

印　　张：13

印　　次：2020 年 11 月第 1 版　　2020 年 11 月第 1 次印刷

定　　价：45.00 元

I S B N：978-7-5142-3242-4

目　录

第一辑　序言评论

第二辑　岁月如诗

第三辑　山水情怀

第四辑　相遇是缘

第五辑　乡情悠悠

第六辑　生命如歌

第一辑　序言评论

为霞尚满天

——《布谷声声》序

王清平

认识孙尤侠，是在一次与《宿豫文艺》编辑部的几位文友聚会时，交流中，得知她是刚退休的中学教师。她说她的文学梦始于青年时代。2007年她的儿子已经上大学，终于有时间写一点文字，收在自己的电脑里，从来没想过要发表。2013年在区政协会议上遇到马丽华老师，聊到文学，之后在她的鼓励下，开始陆续投稿并发表作品。退休后，在马丽华老师的引荐下，参加了《宿豫文艺》。从事文学编辑工作，对孙尤侠来说是一个机缘。近年来，她开始专注于散文创作，而且很快崭露头角。虽然起步较晚，但起点不低，产量不低，品质更不低。前年（2018年），加入江苏省作家协会。今年（2020年），又在《北京文学》上发表散文，趁热打铁，又出版自己的散文集。可谓大器晚成，成果丰硕。目前，创作势头正劲，令人鼓舞。

在文学体裁中，散文最为普及。识字的人几乎没人没读过散文。但散文易学难攻，最能考验文学功底。许多人爱好文学都从散文起步。但说真的，散文发表容易，成器却很难。有人会很快与散文拜拜转向小说或其他体裁创作，有人会留在散文园地里耕耘一辈子。热衷散文创作的男性作家大多去咀嚼历史文化，演绎宏大题材，把散文写得越来越长，越来越杂。而女性散文家作品又多以阴柔唯美或心灵鸡汤类散文居多。因为这类消遣类作品发表容易，读者群非常庞大，各类选刊选载很多。拜读孙尤侠的散文，自然清新之风扑面而来。虽然作品普遍不长，且多为人生点滴和生活浪花之类的散文，却几乎没有风花雪月的浅吟低唱或者拈花弄草的奇思妙想，而是充满着人间真情的善良温婉和时代脉搏的同频共振。感受特别明显的是，孙尤侠的散文也许套路传统，但不以哗众取宠的噱头唬人，不以华而不实的辞藻诱人，而是像教科书上散文那样以纯正的思想教育人，以真情实感打动人，以清新自然的文字吸引人。

这种纯正的散文现在越来越不多见了。拜读完《布谷声声》，构成我对孙尤侠散文创作的基本看法的几个关键词跳进我的脑海：人－我－情－时代。

孙尤侠的散文里始终有“人”。

古往今来，散文写人，不奇怪。但当今越来越多的散文写情写物写理，往往不写人，尤其不写身边人。要写人，可以，那就写古人。因为写人难，写身边人更难。古人死无对证，可以任意臧否。身边人特别是亲人，如何褒贬？如果没有坦荡胸怀，如果不能与人为善，那就很难获得身边人的理解和支持。文学的锋芒在逼近真相、真理和人性深处的同时，往往也难免会伤害到作家脆弱的人际关系和亲情。但孙尤侠如此几乎篇篇写“人”，形成了她散文的一个特色，需要胆量，更需要智慧。这个“人”是一个群体，所以必须加上引号。这足以证明，孙尤侠在创作这些散文时完全怀揣善意，不带任何褊狭，更不会以文泄一己私愤。全书五辑，也许立意和角度各有侧重，但每一篇里都有“人”。亲情里有“人”，交往中有“人”，风景中有“人”，乡愁里有“人”，即使是个人的感悟也由“人”

和人的关系生发出来。可以毫不夸张地说，孙尤侠可能写遍了她所认识的“人”：父母、爱人、儿女、外孙女、兄弟姐妹、友人、同事、医生、诗人、作家、老师、警察、月嫂、加工作坊的小老板、还有公交车上的陌生人。可以说，散文中“人”与“人”各有不同，各有特色。他们的身份感很强，他们的语言和情感也非常真实。

而把这些“人”串联起来的无疑是每一篇散文里的“我”。

孙尤侠散文中的“我”是一个视角。“人”都是通过“我”来观察和感受的。“我”与“人”的关系和情感变化构成了她的散文肌理。离开了“我”的观察和思考，就没有了散文。即使是写类似人物通讯的散文，“我”的采访角度感也非常突出。“我”在每一篇出现强化了孙尤侠散文的真实性，加上时间地点标注得非常具体，基本上可以判断，“我”在那个时空里就是在做那些事情，就是那样观察和思考的。散文无论涉足什么题材，都不可能离开“我”。离开“我”的散文很容易失去散文的本质精神。孙尤侠深谙散文创作这一基本规律，用“我”的独到眼光打量并描绘着万花筒般的世界。

“我”更是孙尤侠散文中的一个主角。与小说中虚构的第一人称“我”不同，孙尤侠散文中的“我”与作家本人同为一个人。“我”的身份与作家的真实身份一致，“我”的经历与作家的真实经历一致，“我”的喜怒哀乐与作家的喜怒哀乐一致。这“三个一致”让孙尤侠的散文带着很强的真实性和自传性。尽管作品中有许多“我”与“人”和“人”与“人”的对话，但这些对话与小说中的对话明显不同，更多是为了表达“我”的思考，或者说是为了表达作品的思想主旨。拜读孙尤侠每一篇散文，都能看到孙尤侠“我”的身影，感受到“我”的情感变化，体验到“我”的喜怒哀乐。无论是写身边亲人，还是写陌生人，甚至写采访对象，她几乎始终在写“我”的所见所闻所思所想。这是一种最老实本分的写法，也许不能给你奇诡的想象，但分明让你读出了作品的真实生活和人格人品。亲情里的“我”是那么诚恳善良，那么善解人意。没有愁、没有怨、没有怒、没有争吵。只有对父母知冷知热的孝顺，只有对家庭相夫教子的坚韧，只有对晚辈慈眉善目的呵护；交往中的“我”是那么温良恭让，那么心细如发。没有嗔、没有怪、没有贪、没有诟病。只有对师长虚心向学的崇敬，只有对友人以诚相待的热忱，只有对学幼传道授业的教诲；风景和乡愁中的“我”是那么优雅浪漫，那么多愁善感。没有涂、没有折、没有损、没有失态。只有对风景保持距离的矜持，只有对乡愁恋恋不舍的怀念，只有对生物悲天悯人的同情。总之，孙尢侠散文中的“我”思想纯正、情感丰富、为人厚道、形象优雅。

孙尢侠笔下的“我”频繁与“人”释放出的情感和温度构成了她散文的温暖基调。“人”是平常人，但是，经她用温婉细腻、清新自然的文字以“我”的视角表达出来却变得鲜活生动，充满真情。因此，在寻找“我”与“人”关系之后，不能不提到另一个字：“情”！

“情”渗透在孙尢侠散文的字里行间。人情练达即文章。亲情、爱情、友情、乡情，情情出自真情，情情演绎家国情。

这里侧重谈谈孙尢侠散文中的亲情，因为亲情散文在本书中占比很大，而且分布在不同专辑里。这类散文大致可分为三种：一种是对长辈的回忆性散文，尤其是对父母的亲情回忆。其中，《母亲的情书》时间跨越半个世纪，从母亲找人代写家书到自己代母亲写信，直到父母玩起手机，仍珍藏着信件。这些信件也许不会像名人家书那样可以公开发表，但它们传达的父母持家做人的道理，足以成为儿女们家传的精神财富。由于本色描写和记述，父母的朴实形象非常生动，作为女儿，孙尢侠对父母的崇敬和爱戴自不待言，而在父母面前表现出的孝敬甚至调皮读来更为之动容。《父亲母亲的收获》写母亲丢失了 415 元卖粮钱，儿女们善意的谎言和凑钱尤其令人感动。失而复得的卖粮钱收获的不仅是父母的血汗钱，而且收获了儿女的孝心。长辈中的大姑情同姐妹，多年后的约见感受到了岁月风霜，也感受到了亲情温暖。一种是同辈之亲情，主要是写夫妻生活的散文，虽然为数不多，但也颇有特点。开篇即为献给丈夫的散文，夫妻从泥泞的乡村小路上一路携手走进城市马路，青丝变白发，镌刻着多少沧桑和坚韧，流淌着多少汗水和欢笑。值得一提的是，一般这种散文容易变成秀恩爱，让人发腻，因为这种散文所写的内容人所共知，轻了，会飘；重了，会沉；走样了，会变味，很不易拿捏。但读了孙尤侠这种散文没有这种感受，她的感受是真实的，即使秀出的恩爱也是令人理解的。第三种亲情散文是写晚辈的，有儿女侄儿侄女，有孙辈，哪怕是外孙女的一个眼神都成为孙尤侠散文的标题，足见她的细心。三种亲情散文写遍了全家老少，甚至亲戚朋友。

但是，孙尤侠的散文仅有这些“情”如何能引起读者共鸣？引起读者共鸣的无疑是通过这些亲情、爱情、友情、乡情演绎出的家国情怀。渗透了亲情的生活点滴映射出国家巨变，充满了乡愁的城乡变化折射出岁月沧桑，伴随了感受的个人经历照射出家国情怀。孙尤侠在散文中表现出的纯粹和豁达，特别是那种国家兴亡、匹夫有责的担当精神是非常值得肯定的。虽然散文所写的题材从“我”出发，表情达意的却多为家国情怀。《静静地等待花开的日子》发表于 2020 年 3 月 20 日，这是一篇特殊时期创作的散文。2019 年年底到次年春天的一场旷世疫情。每个家庭感同身受，文艺界纷纷响应以文战疫，但不在防疫一线，怎样写出有分量的作品？有人仓促上阵，作品缺乏温度；有人无病呻吟，作品苍白无力；有人剑走偏锋，作品扭曲变形；有人捕风捉影，作品被人利用。而孙尤侠这篇《静静地等待花开的日子》却以自己感冒和儿子回家为线索，静水深流地写出了自己对疫情的关注和担忧。捕捉的细节真实，表达的感受细腻，每一个经历过这场疫情的人读来都有同感。孙尤侠深藏起对新冠病毒的诅咒，从自己的感受和亲情出发，拿捏得当，不温不火，没有剑拔弩张，没有消沉颓唐，只有对人生和社会有了较为透彻的感情才能把应景式的散文写得如此静如花开。没有对家国的深沉思考更难把这样的散文写好。

那么，孙尤侠散文中的“人”和“我”的“情”从何来？答案当然是：从时代中来。

任何人都不能遗世独立。文学作品也是如此。《布谷声声》里的散文几乎篇篇都有深深的时代烙印。“人”在时代里沉浮，“我”在时代里成长，“情”在时代里萌发。“人”的变化源自于时代的变化，父母从贫穷奔忙走向富足安康，“我”从乡村教书走进城市退休，哪个人都挣脱不掉时代。时代赋予作家前途命运。时代赋予作家创作素材。时代赋予作家创作灵感。作家创作表现的亲情、爱情、友情、乡情、真情和家国情无一不像一串串风铃叮当摇响在时代的四季和朝暮里。

《布谷声声》这篇散文就巧妙地把孙尤侠散文的以上诸多特色融为一体。

发表在2020年第2期《北京文学》上的散文《布谷声声》代表着孙尤侠老师散文创作的最新成果和一个高峰，也是近年来我市散文创作中的一大亮点。细读《布谷声声》，首先为她小处入手的描述着迷。母亲摘豆的形象和当代农村的萧条描写弥漫着淡淡的乡愁。听到布谷鸟叫声，回忆起儿时对布谷鸟的认识，由鸟及人写到儿时艰难困苦的生活，又是作者个人经历的真实写照。而宕笔从古人对布谷鸟的诗文中赞扬布谷鸟，分明是对人类美好情感的感念。最后回到现实，照应开头。这篇散文从小处着手，大处着眼，纵述古今，横记家国。温暖亲情中蕴含家国情怀，些小菜园里驰骋时代步伐，清新文字间嵌入文史厚重。如果说本书中的许多篇什以情动人的话，那么《布谷声声》就不仅以情动人，而且还把目光投向深邃的历史天空，把笔触扎入广袤的祖国大地，把亲情饱蘸浓郁的家国情。放得开，收得拢。既有具象，又有抽象。既有情怀，又有哲思。着实难得。

总之，文如其人。孙尤侠的散文无论写“人”写“我”，始终用

“情”，始终情系家国和时代，思想纯正、情感真挚、温婉优雅、干净漂亮。一个长期为人师表且已为外祖母的女作家，她目光所向皆为阳光明媚，她情感所系俱是人间冷暖，她笔力所触全为凡人常事，由此投射出来的文字必然带着慈爱和柔美。因此，她的散文完全可以称得上教育散文。

莫道桑榆晚，为霞尚满天。孙尤侠已经走进了退休生活，但散文创作却进入了一个新的开始，且厚积薄发、大器晚成、可喜可贺。随着创作的深入，相信她的路会越走越宽，越走越长！真诚地祝愿她百尺竿头，更进一步，勤奋创作，家庭幸福，健康平安！

二〇二〇年四月十三日

王清平：1959 年 12 月生，先后任宿迁市文联主席、党组书记，宿迁市政协文化文史和学习委主任、一级调研员，现为中国作家协会会员、江苏省作家协会理事、宿迁市作家协会主席，宿迁市关心下一代委员会副主任。

（本文发表于 2020 年 4 月 26 日中国作家网——团体会员《宿豫文艺》作品集）

写着、写着，就把自己写成了一道风景

——孙尤侠散文集《布谷声声》序

陈法玉

过去，从没听说过孙尤侠这个人，从没听说过她在写作，从没听说过她发表了什么作品。然而，孙尤侠却是一位厚积薄发且一发不可收的作家。仅仅经过了三五年时间，孙尤侠这颗文学“新星”便在宿迁这个不大的文坛上跃然升空、熠熠闪光了。

孙尤侠是一位已经退休的女教师。到了这样的年龄还说人家是一颗文学新星，并无谐谑玩笑之意，而是完全从其似一匹黑马在宿迁文坛突然杀出而言。我不知道文学这粒种子在孙尤侠内心世界的土壤已经孕育了多少年，但是从其散文作品的内涵、文采，以及表现手法上看，绝不是一年半载的摸索实践就能达到得了的。近年来，孙尤侠频频有作品见诸各种报端，《北京文学》《中国文化报》等大报名刊也被一一攻下。孙尤侠在退休之后散文创作势头如此之强劲，成果如此之丰盛，起点之高，真的不可小觑。这也正验证了宿迁人的那句俗话：梢头结大瓜。

也就是在这三五年的时间里，孙尤侠写着、写着，就把自己写成了

一道风景。这道风景，不是那些山水、那些名胜；那些烟柳画桥、风帘翠幕；那些莺飞草长、花香鸟鸣；而是那些让人心悦神怡、神清气爽的一篇篇充满温暖、充满感恩、充满善意、充满诗情画意的美文。这些美文和它们的作者孙尤侠，无疑是宿迁一道新的文学风景。

孙尤侠的散文集《布谷声声》，犹如一个开满各种颜色、各种形状和各种香气的小花园，每朵花儿都有自己不同的花语，那花语有的代表亲情、有的代表爱情、有的代表友情、有的代表温情、有的代表乡情……

写父母的那些亲情文字，是孙尤侠书中最能打动人的部分。父母在孙尤侠的心里，永远是力量的源泉、精神的支柱和爱的动能。

《父亲回家便是年》这个作品，两年前我曾在听蝉居文学部落的一次活动上听到孙尤侠朗读过。当时孙尤侠几度哽咽，我们现场听众也是眼眶湿润。今天再次赏读，也再次被作者娓娓道来的故事而感动。父亲在远方工作，一年一度在春节的时候才能回来和家人团聚一次。一年的等待，一年的期盼，都在父亲回家的时候才能有所消解。不知事的孩子们盼的是父亲带回的点心礼物，而母亲盼的则是更多更多。那一年年关到了，父亲却迟迟未归，正在忙年夜饭的母亲突然说了句“我不想做了”之后，就把锅铲扔在灶台上，站在一边发呆。一句“我不想做了”，暗含了母亲多少牵挂、多少焦虑、多少无奈、多少凄惶甚至是多少委屈、多少幽怨？终于，孩子们在大年三十的夜晚，借着雪光看到了父亲的身影！“我看到父亲的高大的身影，出现在村西头的小路那端，出现在空旷的田野上，出现在漫天飞雪的世界里！”作者连用了三个“出现在”，表达出了一种怎样激动无比的心情！我们感同身受，和作者一起分享着父亲归来、合家团聚的快乐和幸福。

童年时对父母的依恋之情，成年后就变成了对父母的百般呵护。孙尤侠姐弟几人都很孝顺，对晚年的父母更是悉心照料。《父亲母亲的收获》这篇散文，是完全可以当成小说来读的。该散文讲述了父母为了几个孩子能够吃上新鲜稻米和蔬菜瓜果，到了老年时还坚持自种三分水田和一片小菜园。孩子们实在不忍再看到父母操劳下去，就一齐拒绝老人的物品。不得已，老人决定放弃种植。进城的晚上，母亲上车后发现还有当年卖余粮的 415 元钱放在家里，就叫父亲下车去取。可是刚迈进城里的家门，母亲便给儿子打电话说 415 元钱丢了。钱是绝对不会找到了，老二决定自掏腰包垫上。为了给老太太圆这个失而复得的“谎”，兄妹几人是费尽周折。然而百密一疏，最后父母还是知道了真相。这个作品不仅故事写得曲折、丰满，更是感情充沛地写出了一个大家庭的温暖和亲情。

孙尤侠写爱情的散文温婉隽永、清雅脱俗，读来耐人寻味、美感十足。《爱情走廊》写景与写事、写人、写情交错出现，浑然天成若一副赞美爱情的瑰丽画卷。在这道爱情长廊里，依次出现了一双老夫妻的爱情、一对年轻人的爱情、历史传说中的爱情，还有作者自己的爱情。人到中年，平静如菊，爱情不再是年轻时的汪洋恣肆，而是如一杯午时茶那样的平和。对，就是要平和，就是要像午时茶那样的平和！午时茶能祛风解表，化湿和中，用于外感风寒、内伤食积，岂不是中年人一块水做的防身盾牌？午时茶由红茶、藿香、羌活、连翘等好多种中草药组成，这些酸甜苦辣的中草药又何尝不是过去所经历的那些艰辛和甜蜜的岁月积淀而成？人到中年，我们太需要午时茶般的爱情了！

在《爱情走廊》里，我们看到了作者午时茶般的爱情，是突然觉得爱人老了并带着泪花喊他一声“小老头”；是很长时间都这样静静地走着却不说一句话。写到这里，我不由想起孙尤侠的另一篇散文《一起走着走着，就白了头》。一次雪夜的漫步，让自己追溯了一回三十多年的爱情之路。三十年前在那个下大雪的乡野，相爱的两个人在冰雪里站成了一个美丽的童话；三十年后在这个下大雪的城市，相守的两个人互看着对方的缕缕白发。最浪漫的事，莫过于两个人在一起慢慢变老。爱情，真的很美！

孙尤侠在《布谷声声》这本散文集中，不仅收录了部分有关亲情、爱情的作品，更多的则是那些表现友情、乡情，以及山水景致的随性文章。《小苹果的春天》展现了同事之间的互助、和谐与友爱；《布谷声声》充溢其间的浓浓乡愁；《河水清清》画面感十足的四时风景；《听湖》梦幻曲般的曼妙和安详；《静静地等待花开的日子》由个人到国家、发自内心的那种善意的流露……诸如此类，都能让我们从中获得阅读的愉悦和审美的享受。

布谷的鸣叫，是春天的歌声。春天，是播种希望的季节。孙尤侠通过《布谷声声》的出版播下的新一轮文学创作的种子，一定会开出更加芬芳多彩的花朵，结出更大更多的果实。

作者系中国文艺评论家协会会员、江苏省作家协会理事、江苏省文艺评论家常务理事、国家二级作家。

（本文发表于2020年5月1日中国作家网——团体会员《宿豫文艺》作品集）

《布谷声声》里的亲情眷念

周其伦

大型核心文学刊物《北京文学》在今年的第二期上，浓墨重彩地推出了江苏省宿迁市作家孙尤侠的散文新作《布谷声声》，语句轻柔生动，述说温暖婉转，在亲情弥漫意蕴悠长的描写中，一幅惟妙惟肖的乡情乡音图卷徐徐展开，激荡起人们对于当下乡民生活的情感眷顾，涟漪阵阵、美妙舒展。

随后，作者还以《布谷声声》为主旨出版她的散文集，再次以恬淡而温馨的笔触掀开了乡间那些童年记忆的帷幕，在她的这一连串充满情愫的表达中，乡居岁月的美好，童年时代的纯真，艰苦岁月的回眸，故土渐远的不舍，都得到了非常熨帖的呈现，把她对故土亲情的火热情怀渲染到极致。作者在悉心观察百姓平常生活的基础上，用心灵去感悟，用灵动的文字去表达，把普通乡民日常的醇厚进行了披肝沥胆的速写，显示出作者不俗的文字功底和可贵的文学诉求，我个人觉得，这一点特别值得热爱散文写作的人们借鉴。

2019 年的春天，我到宿迁参与一个文学活动，曾经和孙尤侠有过一次短暂的交流。让我感佩的是，她对文学的理解、特别是对散文创作的某些感悟，十分令我欣赏。她告诉我，她的文学梦始于青年时代。2007年，儿子考上大学后，便开始在教学工作之余静下心来写点自己感兴趣的文字，她把这些只言片语一直收藏在自己的QQ空间里，从来也没有想过要去投稿和发表。直到2015年，宿迁市宿豫区举办了“爱我宿豫”征文，她才鼓足勇气投稿，意外地获得了三等奖。这次获奖对她最大的改变是，她对自己的文字开始有信心了。之后，她积极创作并投稿，一步步走上了文学之路。在随后的几年中，她的散文和诗歌先后在《中国文化报》《北京文学》《江苏散文》《文化快报》《扬子晚报》《江苏经济报》《当代诗人》《连云港文学》《东渡》《宿迁日报》《宿迁晚报》《盱眙日报》《兴化日报》《楚苑》等报刊发表。

孙尤侠对散文创作的见解相当独到，她始终认为散文写作不必矫揉造作，也不必堆砌华丽的辞藻，更不必装腔作势，唯有真心实意地表达自己的真情实感，才能直抵读者的内心。所以，她在每一篇散文的创作过程中，都特别注意把控内心的情感流露，常常把心底最真挚的东西浸润在字里行间，让文学的力量感动读者，尽可能给读者带来审美的愉悦和满足。“我选择下笔的，都是我熟悉的人和事，念念不忘的、感动着我的、引发我思考的，等等。我的散文作品，绝大部分就是在写我的老家我的乡愁，那里有我的童年、少年、青年的足迹，有我的欢笑与泪水，有我的无限留恋与惆怅，这些情愫时刻萦绕在我的心头，出现在我梦里，无论我走多远、多久，我都深深地爱着自己生活过的那片土地。”有了她这样大胆而诚恳的求索，其笔下自然就多了一份摇曳多姿的顾盼流连。

这次发表在《北京文学》上的散文篇章《布谷声声》就是她散文的代表作品，作者由母亲想回老家摘毛豆起笔，引出她对田园无人耕种、留守老人孤独问题的种种思考，从而引出她对过去的美好回忆和今天农村面貌的思索性关照对比，从时代变迁后农耕场景翻天覆地的变化烘托出亲情的弥足珍贵。在作者纤毫毕现的情感展露中，磅礴而又澎湃的思绪呼之欲出，散文形散神聚的韵味更加宽广和丰满。

我们在祝愿孙尤侠散文创作取得成绩的时候，更加深切地期望她继续努力，在文学的新高地上崭露头角。

周其伦，男，作家、评论家，重庆十佳读书人，曾获得《人民文学》评论金奖、银奖，《钟山》优秀读者奖，《作品》优秀评刊员奖。有小说、散文、文学评论见诸于《人民日报》《光明日报》《文艺报》《北京文学》《广州文艺》《莽原》《黄河文学》《湖南文学》《满族文学》《山花》《创作与评论》《太湖》等上百家报刊。《文学报》重点作者，在《新华书目报》开设“文坛素描”专栏，出版小说评点专集《安于悦读》获得好评。现居住于重庆。

乡音诗境里的《布谷声声》

范金华

庚子年的春天，随着惊蛰后一声春雷的怒吼，笼罩在全国人民心头的“新冠病毒”疫云渐渐退去，宅家与大自然隔离了近两个月的我们，终于可以走出家门，走向阳光明媚，走进鸟语花香。在这个春天众多的鸟语中，我比较喜欢布谷鸟的声音，因为，居家期间，我刚读完了孙尤侠的散文集《布谷声声》。那声音（文字），那情境，便引领我走向陌上花开的小径。

《布谷声声》这本散文集的书名取自于该书的一篇同名散文《布谷声声》，文本是一篇融抒情、记事、写景于一体的散文。在《布谷声声》这篇文章里，作者用恬淡而温馨的笔触记叙了乡间有布谷鸟出现的那些童年记忆，思想激情蓬发的浪花，掀起点点生活感慨，牵扯出淡淡乡情感伤和浓浓亲情眷念；这一连串的情愫通过细腻的笔触描写出来，回味出来，顿时让人咀嚼出乡居岁月的美好，童年时代的纯真，艰苦岁月里的乐观，和远离故土后的不舍；有抽丝剥茧的利索写作思维，更有干净纤细毕现的感情流露。作者由母亲想回老家摘毛豆写起，引出老家田园无人耕种荒芜和留守老人孤独的问题，从而陷入过去的回忆中。用今天的农村面貌和昔日的田园生活作对比，昔日的乡民群居热闹和今日的年轻人出走造成村庄萧条反衬出时代的变迁，和城乡接合部下的农耕社会的变化，以及农耕文明的丧失让人痛心疾首和怀念。作者对乡村原风景的原生态描写非常传神、细腻、形象生动，像一幅山水画悬在读者的脑际。这一段描写非常具有美学的审美意蕴。例如，“一排排红砖红瓦的小院，悄悄地掩映在高大的柳树下面。邻家的菜园里，黄瓜一条条挂在瓜架上，似乎许久无人问津，一棵伸出院子的大桃树，遮住了半边天，上面结满黄色桃子，有的红了，有的满是虫眼，有的掉在地上。亭亭玉立的玉米在蒸腾的暑气里，还在努力地向上拔节”。在这里“伸”作为动词来运用和对桃子上有虫眼的观察，都彰显了作者生活底蕴和笔力的深厚。作者在用自己的眼睛和心灵一起参与周遭的生活环境，写出的文字有活力又真实，值得热爱写作的人借鉴。

作者接下来笔锋一转，引出天空传来布谷鸟的叫声。这久违的叫声，对于从农村走进城市生活亦乡亦城的市民来说，是那么亲切，又那么心酸。亲切是因为回忆起童年每年听到布谷鸟的叫声时，母亲就要去田里干活，祖母一个人要负责房前屋后地里的庄稼，还有一大家孩子们的吃喝。祖母对于自己的疼爱，以及听祖母讲述传说中布谷鸟的故事，这些往事都是追忆中的美好部分。而生活中的现实残酷，在那个特殊的年代，作者害怕饥荒吃不饱饭，也是心酸的理由。生活就像一面铜镜的两面，不可能每一面都照顾到你的感受。有悲欢有离合，有喜悦有忧愁才是人生完整的状态，即使在这样心酸的岁月里，作者回忆的笔触里也讲述了童年的一些趣事和快乐。例如，自己和小伙伴一起打猪草的时候，一边干活一边对着天空飞过的鸟儿唱歌。

作者喜欢布谷鸟有三种理由，第一它是勤劳的象征；第二它表达了离愁别绪；第三它带着我寻根，让我在有生之年更加懂得珍惜亲情，期盼在故乡的老屋院子前与血脉乡亲聚首，畅叙人间真情。作者在谋篇布局上条理非常清晰，叙事有条不紊，夹叙夹议，抒情和描写兼而有之，同时她也很有古典文学的功底，无论是旁征博引古代的传说，民间的故事，还是古诗词文学里的经典精彩诗句，都是手到擒来，信手拈花，微笑从容自信。在阅读的过程中，能够让读者的感情跟着行文行走，也能让读者跟着她一起陶醉在世外桃源一样的古典文学之美里。

散文贵在情真。散文抒情需要力透纸背，写景必须为作者内心的感情服务，一切风景皆是人的内心感情观照。心中有佛即是佛，你心中有什么就会看到什么，表达出什么。孙尤侠一定是一个心中有爱有悲悯，相信人间自有真情在的作家，这可从读她的一系列散文《一起走着走着，就白了头》和《爱情走廊》《女儿童年趣事》《儿子童年趣事一二三》文章中可以看出。

《一起走着走着，就白了头》写的是作者与丈夫两个人从恋爱结婚到组成家庭，共度婚姻生活二十年的牵手点滴。这是一部爱情的记录碎片，从两个人踏雪回家写起，回忆起相爱相亲相扶持的一段段岁月往事，以回娘家到婆家的这一条路为记忆的线索。这一条路是两个人青春汗水的见证，是欢笑艰辛的见证，是坎坷泥泞的见证，也是夫妻恩爱，踏实无悔的见证。作者抒写自己的婚姻生活，用自己的人生婚姻经历来诠释什么是“执子之手，与子偕老”的内涵，也用自己的切身感受来告诉人们，愿岁月可回首，且以深情共白头是世间最美好的事情。

在这篇作品里，我比较喜欢文本开头那诗一般的语言：“我喜欢雪，在我心里，落雪的日子，便是故事的开始。”“三十年前，那个大雪的日子，在冰天雪地里，我俩把自己站成了美丽的童话，把彼此站成了一生的相守”。融景融情，把日子过成童话，这才是生活。人不仅要活着，更重要的是要活得精彩，活出生命的长度和厚度。

《爱情走廊》同样是借写景叙事来抒情，记叙夫妻俩一起郊游钓鱼的经过，和旅途上的所见所感。写景她说：“我想：到大堤上去看看吧！边想边绕开几棵簇拥的松树，往上走去。慢慢地觉得，脚下沙沙作响，低头看下去，地上铺满一层落叶，均匀有致，感觉这落叶就是一幅画。”化腐朽的落叶为画，便使人想起陆游的“零落成泥碾作尘，只有香如故”。写情通过记叙描写“我”和爱人，一对中年相依的夫妻，以及一对三轮车上的老年夫妻三对男女之间不同的相处模式来谱写人间真情的可贵，爱情的历久弥坚，和乐观健康的人生心态。

《女儿童年趣事》写女儿渴望和我交流交心做朋友和帮助大人做家务，以及与小朋友分享美食来表现女儿的可爱和懂事善良勤劳，同时字里行间洋溢着一个母亲对女儿的爱和美好期望。

《儿子童年趣事一二三》通过写儿子吃药，关心流浪狗，为一只飞来的信鸽又飞走了而难过等一系列小事来表现儿子的稚子纯真，心地善良和惹人喜爱。这两篇写儿女的童年趣事有一个共同的地方就是表达的都是一个母亲对子女的爱和关注，对子女教育的重视和培养，让我们看到母子亲情的可贵，也看到一个母亲抚养教育儿女的辛苦和不易。

《静静地等待花开的日子》是一篇写在庚子新年里的文章，它是对庚子新年这个大灾难降临时的社会众生描摹，社会观照，也是对自己一家人面对灾难在困难面前的表现忠实记录，认真反思，从而提醒我们要对生活抱有信心，要对国家未来抱有信心，要相信春天终将会来临，没有一种灾难不可克服。

读《静静地等待花开的日子》，让读者也在新型冠状病毒这个灾难面前获得了新生齐发的力量，这种力量是文学给予我们对生活葆有的永恒的热情，在明白赤裸裸的残酷后依然愿意选择热情地活着。孙尤侠的散文让我想起五代李珣的一首词《南乡子·新月（上）》里的句子：“新月上，远烟开。惯随潮水采珠来。棹穿花过归溪口。酤春酒，小艇缆牵垂岸柳。”

凭着这份花过归溪口的美好向往，在这个春天，读孙尤侠的散文集《布谷声声》，我就觉得人生纵然是苦忧甘甜相伴，只要能够坚定明天比今天会更美好的信念，快乐地和每一个春天相约，亦是足够欣慰，亦是足够美好。

作者系中国作家协会会员，宿迁市散文学会会长，宿迁市作家协会副主席。文学期刊《宿豫文艺》主编，《骆马湖》主编。

（本文发表于2020年5月1日中国作家网——团体会员《宿豫文艺》作品集，2020年《江苏作家》第二期，2020年《连云港文学》7月刊。）

第二辑　岁月如诗

一起走着走着，就白了头

从父母家里出来，地上一片银白。纷纷扬扬的雪花在霓虹灯下飞舞着，如夏夜的萤火虫。我赶紧戴上羽绒袄的帽子，把围巾围得紧一些。但是，调皮的雪花还是钻进我的刘海，时不时地亲吻着我的脸颊。

我喜欢雪，在我心里，落雪的日子，便是故事的开始。

三十年前，那个大雪的日子，在冰天雪地里，我俩把自己站成了美丽的童话，把彼此站成了一生的相守。

后来，我有了两个家。娘家，婆家。

后来，我们有了两个娃，女儿和儿子。

在两个家之间，是长长的泥泞乡村小路。我们带着一双儿女，来来回回，一起走过了难忘的岁月。

记得有一年，雪下得一尺多厚。大年初二，回娘家心切的我们，带着两个孩子，骑着我陪嫁的金狮牌 26 型自行车，踏上了回娘家的路。

说是骑车，其实是推车。车上推着大的，怀里抱着小的，我们在雪地上“滑”行。我抱着儿子，溜着路边没有人走过的深雪处，“呼哧呼哧”，深一脚、浅一脚，时不时地滑一下，跪倒在雪地里。手里紧紧抱着儿子，不顾膝盖疼痛，爬起来再走。车上座椅里的女儿，小脸冻得通红，雪野茫茫，不知道拿什么来安慰她。不到十里的路程，我们足足走了半天。到了娘家，孩子在怀里睡着了，我的腿脚麻木了，瘫坐在藤椅里。

要说来路辛苦，回去的路堪比登天。雪融化了，路面几乎成了沼泽。路上依然是推车，更艰难的是，每走几步，车子就要“罢工”。这时，手里必备一样工具——从树上折下来的一根树枝，随时把车轱辘与盖瓦之间的烂泥清理掉，否则，寸步难行。有时候，这条路走不通，就换另一条路走。往往是顺着河边或者干渠上的路，要好一些，因为化掉的雪水，一部分顺着地势流进河里，路面就干得快。但是，如果被手扶拖拉机先行而过，烂泥就更多了。那样的话，不是人骑车，而是车“骑”人。于是，爱人就一只胳膊抱着女儿，一个肩膀扛起自行车往前走。

这样的路，我们走过多少回，已经不记得了。那时并不觉得苦，就在这样“泥泞中挣扎般”的前行过程中，我们的孩子慢慢长大；无论遇到什么困难，我俩既合作又分工，有时还互换角色，相互鼓励。

曾经的泥泞乡路变成了砂礓路，又变成了后来的水泥路。载人的三轮车，可以从集镇通往村庄了。年关遇到下雪，我们就带着两个孩子，步行到附近集镇，然后租个三轮车回娘家。至于回来，有的是办法。有时，叔伯兄弟家有顺便三轮车，或者拖拉机到镇上，就会带上我们。拖拉机在乡村的田野上奔跑，晃晃悠悠的车厢里，我们能感受到寒风从耳边、鼻尖、头顶、发端嗖嗖飞过。但是，一家人拥坐在一起，一点儿不觉得冷。

孩子上初中了，我们住进了县城。回家的路虽然远一些，交通却便捷多了，因为城里打车方便。爱人是个节俭的人，他舍不得打车，带领我们从城里乘农村公交车到镇上，然后鼓励孩子从集镇跑步去外婆家。

孩子很配合，总是冲锋在前。落在后面的我慢慢发现，两个打着雪仗，蹦蹦跳跳的孩子，像路边的小树一样，一年一年长高了，长壮了；后面的我们，真的是跑不过他们了。

近二十年时光，这条路洒下了我们青春的汗水，见证了我们几多欢笑，几多艰辛；二十年，一头是父母的家，一头是我的家，无论坎坷，无论泥泞，一步一步，走得踏实，走得无悔。

两个孩子工作后，我们有了自己的汽车，再也不用为回娘家发愁了。但是，时隔不久，父母也住进了城里。我家和父母的家，只隔着一个小区和一个广场。每次去看望父母，我们尽量选择步行。

……

一个红灯处，爱人拉住我，提醒我停下。我从回忆中醒来，他正对着我笑。我说："怎么啦？"他笑着说："你啥时候染了个白色刘海？"我愣了一下，接着"扑哧"一声笑了出来。看着满头银白的爱人，想拂去他头上的雪花，手却在半空中停下，鼻子不由得一酸，眼眶湿润了。昏黄的灯光里，他那头顶中间，光秃而发亮。雪，已经化成了晶莹的水珠。

爱人伸过手来，牵着我走过绿灯。那一刻，手放在他的手心，暖流涌至心头，顿时，整个世界变得温暖。迎着洋洋洒洒的雪花，脚步立刻轻盈起来。

突然想起最近网上流行的一句话："下雪的时候一定要约心爱的人出来走走，因为一不小心就一起白了头。"

这句话出自青年作家陈昂的现代诗《漫天飞雪的日子》。原诗内容是："漫天飞雪的日子 / 一定要约喜欢的人 / 出来走走 / 从村子的这头 / 走到那头 / 回家后 / 发现彼此 / 一不小心就手牵手 / 走到了白头。"

爱情如诗，诗如爱情。那么浪漫，那么美好！

"愿有岁月可回首，且以深情共白头"。两个相爱的人携手共度余生，情深不渝，直到白发苍苍，是世间最美的事情。"白头偕老"既是爱情宣言，又是美好祝愿。然而，真正读懂"执子之手，与子偕老"的深层含义，是需要用一辈子来践行的。

（原载于 2019 年 7 月《连云港文学》总第 338 期）

母亲的“情书”

二十世纪六十年代初，我记事起，一直到父亲退休前，村庄上有两个声音，成了我的最爱，也是我母亲的最爱：一是喜鹊的叫声；另一个是邮递员的自行车铃声。这两个本来毫无关联的声音，成了我们全家的“吉祥二宝”。

我的父母是经亲戚介绍认识的。那时候，父亲在徐州煤矿工作，一次探亲假回家，在媒人的安排下，见了母亲一面，然后父亲回矿了。剩下的事情就是两家大人的事了。几个月之后，两家老人商定，让我的父亲和母亲成婚。于是，外公把他的大女儿——家里的主要劳动力——我的母亲，送到我父亲的矿上。父亲在单位食堂摆了喜酒，在一小间职工宿舍拜了天地。

确切地说，在外公把我母亲交给我父亲之前，他俩还没有谈过恋爱。母亲服从命运的安排，从此，和父亲过起了牛郎织女般的生活，靠鸿雁传书表达着他俩的两地相思情愁。

我的父母其实都没有读过几天书，父亲今年八十多岁了。他的童年，是兵荒马乱的年代，没有安稳的日子，忍饥受冻是平常事，更不用说读书了。

我的母亲小我父亲七岁，母亲读过冬学。所谓冬学，就是农村在冬闲时开办的季节性学校。母亲在冬学班里认识不少常见字。

在我入学前，母亲经常教我识字，把她在冬学里学会的字都教给我，母亲也算是我的启蒙老师。

母亲因为吃了没有上学的苦头，所以特别重视读书，在我刚刚六虚岁的时候，母亲就把我送去上一年级了。当时农村没有幼儿园，孩子到了读书年龄就直接上小学。但是，多数人家孩子上不起学，为了省钱，大多要等到孩子十几岁才给上学，上到三年级或是最多小学毕业就可以回家干活了。

在我没有上学之前，我记得，母亲给父亲写信，都是请人代笔的。本家有一位识文断字的二叔，当生产队会计，后来当大队书记。二叔经常帮村上乡邻写信，也是帮母亲写信的人。当时集市上邮局门口也有代笔写信的，不知道母亲是否花钱请人写过。

大概从三年级开始，父亲来信，母亲就叫我读给她听，偶尔有我不认识的字，母亲说："你往下读，我懂得。"

母亲看我能够胜任读信，就开始叫我帮她写信。我当然也乐意，因为以前二叔写信、念信我都在旁边听着，感觉心里有底。

我给父亲写的第一封信是在深秋。记得那个晚上，我和母亲围坐在煤油灯书桌前，我拿着笔，铺开信纸，作出一副认真的样子。母亲说："天气渐渐凉了，你要添加衣服，不要冻着。吃饭不要太节省，你的身体要紧。家里的钱够用，再过一个月，家里的猪仔就能出圈了，等卖了猪钱，留着交生产队里透支钱，剩下的留着过年和孩子交学费。我和孩子都很好，咱妈的身体也很好，你放心。我的胃病今年到现在都没有犯，你就安心工作吧！"

煤油灯的光晕里闪耀着母亲年轻的光芒，我把母亲的心事一字不漏地记录下来。结尾的署名也是母亲的名字。

每次我和母亲把信件投进那绿色的邮箱后，接下来的日子就是盼望父亲回信，盼望父亲寄钱来，盼望一身绿装的邮递员骑着那绿色的自行车飞进村庄。说也奇怪，只要听到我家门前大树上喜鹊叽叽喳喳的叫声，接下来就会听到邮递员的“叮铃铃”自行车铃声，再接下来就能听到有人喊我母亲的名字，或是喊：“拿私章来”。

在一个月一封信中，我逐渐找到了写信的规律，也慢慢懂得了母亲的心思。后来，我开始用我的口气来写信，称呼改成“爸爸”，除了“录音”母亲的话语，我开始加上一些母亲没有说出口的语言，每次写到最后，我都要加上一句：“我们全家都很想念您！”

来年春天，我升入四年级了（那时候都是寒假之后开始新的学年），我的写信水平也跟着我读书的升级而升级，语言表达能力如同春天的树苗突然长高一截。信写得越来越进步了，母亲说一句话，我可以在信纸上写三句话甚至是五句话，每次都要写完两张信纸才满意。

父亲那边仍然是请人读信，请人代笔回信，称呼依然是“淑珍”（我母亲的名字），落款依旧是父亲的名字。内容依旧是那老套的几句话：“淑珍！见字如面！家里一切都好吗？生产队里又催缴透支钱没有，我一开工资就给你寄去。你和孩子怎么样？你的胃病怎么样了？天气渐渐暖和，胃病有没有好转，我上次给你带去的偏方草药，你要记得吃。不要不相信民间郎中，不是说偏方治百病吗？你一定要吃。咱妈的身体还那样硬朗吗？老寒腿今年没有犯吧？你在家里又要出工干农活，又要照顾老人和小孩，全靠你了……”

父亲为了母亲的胃病，不知道被江湖郎中骗过多少次，也不知道被母亲埋怨过多少回。但是，父亲“屡犯不改”，尽管那点工资不知道要掰成多少瓣，但是父亲到处寻医问药来治母亲的胃病初心不改。

我的回信其实也好写，首先一一回答父亲的问题，然后就是把母亲交代的内容尽情表达。这样的一年练笔，加上我喜欢看书，我的语文老师常常在作文课上读我的作文。有一次，父亲探亲回家告诉母亲说：“我同事小王问咱家闺女读初中了吧？说是不是初二？我说咱闺女才四年级。”就这句话，父亲走到哪里都要重复一遍。我觉得父亲除了在夸奖女儿，更重要的是弥补了他和母亲内心深处不识字的遗憾。

我代母亲写信，直到1985年父亲病退回家。

父母亲现已八十有余，二老身体硬朗，居住在弟弟买的新房子里，弟弟给他们配了手机，老两口没事的时候，就喜欢提年轻时候的陈谷子烂芝麻，时常说到年轻时候的通信，说到不高兴处偶尔“吵吵架”。有时候母亲为了帮助我们姐弟四人带孩子，和父亲暂时分开，母亲总是打电话给父亲，告诉他在家里吃什么饭，穿什么衣服。父亲说：“你放心，我知道。”但有时候，被母亲照顾习惯的父亲也吹胡子瞪眼地来一句生气的话：“你就在那边过好日子吧，不要回来了。”每逢这时，母亲总是说：“我得回去，你爸在家一定是没有吃好饭。”

看着耄耋之年的二老还能斗嘴，我们打心眼里感到幸福。我对弟弟说：“不如教他们玩微信吧，让他俩对着视频‘吵架’。”话音刚落，全家人都笑开了花。

在父母金婚纪念日，我弟弟专门请摄影师到家里来给他俩拍照片。母亲把自己关在房间里却迟迟不出来。过了许久，母亲手捧一个蓝底白色碎花的布包走出来，对大家说：“照什么金婚银婚照，一起合个影得了。”说完，她拉着我的手，把布包交到我手上说：“闺女，替我收好！”

揭开层层裹紧的布包，看到一沓陈旧的信封，其中有我稚嫩的笔迹，不由得鼻子一酸，泪水刷地漫过面颊，回转头去，看到父母眼里盛满幸福的光芒。

（原载于2018年6月22日《宿迁日报》）

梦中的父亲

很久没有失眠了，昨晚莫名其妙失眠，直到凌晨三点多才迷迷糊糊地睡去。

大概刚一睡着就入梦了。

第一个梦有点惊险，想起来有点害怕，还是不说了。

第二个梦无法释怀！

我梦见自己来到学校看望女儿，与女儿同睡在学校宿舍的高架床上。我似乎没有睡着，女儿却因床太窄，熟睡中掉落地面。女儿不声不响地起来，爬到下铺同学的床上接着睡。我赶紧拉起女儿，让她到自己铺上睡觉。然后，我对女儿说："我得回家了。"女儿说："这么晚了，你不害怕吗？"女儿这么一提，我真的有些害怕了。我梦中要回的家，是我从小在那里生活，在那里长大的家，——在乡村。一想到还要经过一片芦苇地，心里真的打怵。我对女儿说："我打电话给你外公来接我。"

出了女儿的宿舍，向南看，一条南北笔直的小道上，两旁是茂密整齐的梧桐树，树叶发绿，树影婆娑，灯光昏黄。远远望去，小道尽头的绿树丛中走来一群人，啊！是高三刚放学了吧？再一细看，清一色的烟灰色工作服，是下夜班的工人。原来已是深夜了，即便还有人在走路，他们是往北，我家的方向是在东边，也是不同路的。

就这样，我一个人往家走去。虽然有昏黄的路灯，我的心里还是怵得慌。身后似乎有哗啦哗啦的声音，猜想那是地面上的树叶被风吹起的声音，但不敢转脸去看。心想，此刻路旁的草丛中，若是钻出一只黄鼠狼，或者是一只兔子，从我的面前窜过，一定会吓破我的胆！

我想早点打电话给父亲叫他来接我，又担心他走夜路不方便；还是等快到家再打电话给父亲吧！只要父亲到村头的芦苇地那儿接我就行了。我尽力在安慰自己。

走着走着，不远处出现了父亲。我看到父亲穿着一身深蓝色的中山装，手里提着一个黑色的提包，一副喝醉的样子。行走间，父亲突然坐在路边的一个板凳上，嘴里很难过地念叨着："没找到！没找到！"。我的心突然发疼，眼泪直要流出，满心的委屈在胸口徘徊，无法说出来。我知道，父亲是出来寻找深夜未归的女儿的，父亲的"没找到"和难过的样子，其实就是因为没有找到我。

那一刻，我不敢上前，我不敢面对父亲那难过的样子。因为我从来没有见过父亲这样难过的状态，也从没看到过父亲如此的醉态，更想象不到父亲因为找不到女儿会这般痛苦。

我不知道在父亲面前该怎么说，怎么做，就木木地僵在原地。由于父亲是醉态，他手里的烟头不知不觉地掉落在自己的胳膊上，父亲的手抖动了一下。正在这时，旁边来了一位我家的远房亲戚，他赶快将父亲胳膊上的烟头掸掉。我感到那烟头烧疼了父亲，也烧疼了我的心，不由得鼻子一酸，然后飞奔过去，抱住父亲，父亲也抱住了我，我把一腔的委屈哭了出来……

这是我和父亲的第一次拥抱，是在梦里，尽管抱得很轻，我能感受到父亲的力量！

之后，父亲像变了一个人似的，很开心的样子。我们正要往回走的时候，又在一个压面条的作坊里看见了母亲，母亲这次别出心裁，将猪肉和面粉放在一起压面条，我知道，母亲是变着花样给女儿做好吃的。

我呼唤了母亲，然后跟着父亲，顺着一条田间小道，向着家的方向走去……

睡梦醒来时，仍然满心的委屈与疼痛，泪水再次溢出眼眶，看看手机，凌晨4点18分，就这样一直流泪到天明。

都说父爱如山，我其实不知道父爱是什么样子，小时候的我跟父亲之间多少有些生疏。父亲年轻的时候一直在徐州工作，在他退休之前，我们姐弟四人都是长期跟着母亲生活，父亲每年有一次探亲假，我们全家相聚的日子也就一个月。每逢放寒暑假，母亲会带我们去见父亲。但有时候因为不是假期，又因为我是老大，母亲常把我留在家里跟着祖母，后来大弟弟长大了，就把我和大弟弟都留在祖母身边。

记得有一年，我上小学三年级，母亲又要留下我远行，就在母亲临行时刻，我突然大哭，一定要跟着母亲去找父亲。母亲和祖母一同劝我，煮鸡蛋给我吃。我说："我留着坐船上再吃。"母亲说："你留着坐床上吃吧！"说完母亲和祖母都笑了！一个"船"和"床"虽是谐音，却有天壤之别，她们说得如此轻松，一点没有体会到我的伤心，我的迫切愿望。我继续号啕大哭，没有想到，我第一次抗议成功，那也是唯一的一次反抗。母亲果真带着我去见父亲，在父亲那一过就是半年。

春去秋来，半年时光真的是一晃即逝。待我们回来的时候，我的同学要升入四年级了，母亲和老师商议让我留级，我不得已在三年级留了下来。

就是这样，我和父亲之间相聚少，沟通少，对父爱的感觉也是淡薄的。我出嫁后几年，心思都用在自己的小家庭上，有时顾不上去看望父母。有一次，父亲对母亲说"我都想女儿了"。母亲告诉我的那一刻，我瞬间满眼泪花，我才知道父亲是很疼爱女儿的。于是，我每个周末都抽时间回去看望父母，每年的寒暑假总要回去陪二老住上一段时间，陪母亲说说话，帮父亲侍弄一下小菜园，吃几顿母亲亲手做的可口饭菜。

可是，最近两年，我很少回去，是他们来看我多了。两年中，从来没有在父母那过过夜，几乎忘记村庄黄昏的炊烟！忘记乡村夜晚的宁静！

父母的身体一贯很好，很少让我们操心，所以我也就把全部精力投入到工作和小家庭上，尽量做好一切不让父母担心。

昨天，我打电话给父亲说："这个星期天，我们带着孩子一起回去看望您和妈。"父亲叮嘱我："不用买菜带回来，冰箱里啥菜都有，菜园里都是你喜欢吃的蔬菜。"

可是，今天的梦是我想念父亲了？还是父亲想我了？父亲现在还在想我吗？我知道我还在想念父亲！

说好了就要回去的，怎么还这样切切思念呢？！

（原载于2017年《梧桐巷》第14卷）

梦里梦外

最近睡眠出现了坏习惯，常常在凌晨两点多醒来，便不再有睡意。然后开灯看看手机新闻，看看朋友圈中的文章，就会再次入睡。

今夜凌晨两点多，如约醒来，如约新闻，如约朋友圈。大概过了凌晨四点，困意袭来，便又关灯且沉沉睡去。

觉睡得香甜，梦也便真实起来。

感觉是灯光璀璨的晚上，我看见女儿从灯光近处走来，一到家，我便和女儿说说话，然后看到女儿刚买的凉鞋，我觉得不太好看，而且太小，就随便问女儿："多少钱？"女儿回答："一百块钱。"

其实，不在于钱多钱少，那凉鞋的确是小了，脚趾头都露到地上，鞋子颜色又是纯白的，而且透明，总之很不好看。我对女儿说："你在家歇歇，我和你爸爸出去帮你重新买一双。"

女儿没有作声，我和爱人一起走出家门，外面仍然是灯火通明。看看时间，快十点了，心想超市商场都快打烊了，去哪里买凉鞋，心里没有底。

走出家门不远，好像看到了夜市，离我最近的是一个卖衣服的摊子，两边挂满各种睡衣，中间地上摆放凉鞋。我绕过地摊，没有打算要看看和买东西的意思。再找找爱人，已不知了去向，他一贯走路快，一定是走到前面去了。正想着，感觉自己的腿被什么东西擦了一下，往腿上看看，好像有自行车轱辘和我的腿接近，抬起头来向后一看，骑在自行车上的是我儿子。儿子穿着白色衬衫，留着青年发型，一副帅帅的样子。一手扶着车把，坐在自行车上，笑眯眯地看着我，还是小时候那般调皮！我一怔！愣愣地看着儿子，许多疑问一起涌上心头：你怎么在这里！什么时候回来的？你不是出差在云南吗？在大理吗？你刚回来吗？一到家就骑车来找我了吗？

心里这样想，但是一句话也没有说，儿子也没有说话。愣过神来那一刻，我一把抓住儿子的一只手，用力地拽，甩着他的胳膊，甚至想责备地打他的手，同时泪水也如雨一般落下；心里想说：你怎么才回来？但始终没有说出来，却已泣不成声……

爱人被我的哭声吵醒，他蒙眬中带有责备地说："你干吗？"我好像也被他的说话声唤醒，但不能回答他的问话，还是连续不断地哭着，只觉得泪水直往耳边流去。再后来，他完全清醒了，问我："你是不是做梦了？"我尽力地"嗯"了一声，还在哭；又过了一会，我慢慢清醒，也控制了自己的情绪。

闭眼梳理一下心情，回想梦境，我真真切切地拉着儿子的手，爱人若不说话该有多好！我以为，儿子这次远行，有几位同事陪在身边，我便可以放心，少一些牵挂了……

算一算时间，儿子也该从云南回到单位了。

窗外鸟儿叽叽喳喳的叫声，感觉天亮了，睁眼看看，隔着窗帘蒙蒙亮，再看手机，五点十七分。

想闭上眼睛再睡一会，心还没有从梦中醒来，希望梦再继续！带着这份期待，不知什么时候，真的又睡着了。的确再次做梦，终是没有继续上一个梦，而是梦见邻居家来了好多亲戚。醒来，已近八点钟，看到邻居家正喜事临门，门口真的来了好多人，好不热闹啊！

窗外阳光好好，天气晴朗，儿子一定安好！

记得台湾女作家龙应台的一段话：“所谓父女母子一场，只不过意味着，你和他的缘分就是今生今世不断地在目送他的背影渐行渐远。你站立在小路的这一端，看着他逐渐消失在小路转弯的地方，而且，他用背影默默告诉你，不必追。”

不求儿女久久陪伴，只愿我们常常目送！

（原载于2019年7月15日《宿迁日报》）

给儿子的一封信

——写在儿子二十一岁生日之际

亲爱的儿子：

一切都好吗？这是你上大学后妈妈给你写的第一封信。在刚送你上大学时，妈妈就想以后要常给你写信，但由于妈妈懒于提笔，再加上通信如此方便，所以，这信一拖就是三年。转眼间，你已大学三年级了，三年的大学生活让你丰富了知识，锻炼了能力，成熟了许多。再一想，二十年，也是转眼之间，你竟长成了一个大小伙子，成了一个健康乐观、英俊潇洒、拥有一定知识、懂得礼貌、富有爱心的男子汉了。妈妈为你感到自豪、骄傲、欣慰！

儿子，小时候的你算不得一个乖孩子，但你是一个聪明的孩子。襁褓中的你老是闹妈妈，总是用哭闹来引起妈妈更多的关注，我想，这也是你的聪明之处吧。和你姐姐比起来，她可乖多了，把她放在哪里，她都“无怨无悔”，而你可以利用自己的“天才聪明”获得妈妈更多的爱。（笑笑）

尽管你没少烦妈妈，可妈妈还是特别喜欢你，无比地爱你，因为你

是天生招人疼，天生漂亮可爱啊（用漂亮一词，现在觉得有些不恰当，但那时人人都这么说的，当然说小帅哥的也有）

上幼儿园时，老师常夸你聪明，也常说你调皮好动，妈妈也觉得如此，但你给妈妈印象最深的就是，你那么小就会说那么多体贴大人的话，小小年纪就会劝妈妈，也不知道你跟谁学的，你爸爸可不是会劝人的人啊！当然，有时你也很会狡辩，时常让妈妈笑而无语。三年的幼儿园，你两年完成了“学业”，第三年，你几乎是玩过来的，那一年，在妈妈感觉里，你在“消磨时光”，你觉得再没有什么好学的了。其实玩是对的，是孩子的天性。

小学时光，你过得很充实，你不仅学习好，而且积极参加学校的各项活动，你是一名优秀学生，你是一名领操员，每天站在国旗下，给全校学生做示范，带领全校同学做操的就是吾儿。你是鼓号手，妈妈最喜欢看你穿着那白色红杠的鼓号队的衣帽了，真帅。可惜，那时咱没有照相机，也没给你留个影，但那形象永远定格在妈妈的心里。你是学校的篮球队员，你是班级的小演员，你是优秀的乒乓球运动员，还参加过县级比赛。

想起那次比赛，留给妈妈的是刻骨铭心的印象，你不该输得那样惨，可你的失败远比妈妈自己失败更痛苦啊！天下父母大概都是这样吧，孩子取得成功是父母的欣慰，孩子失败则是父母最大的心痛。真的是快乐着你的快乐，痛苦着你的痛苦，其实当时妈妈比你更痛苦。

进入初中，你第一次离开父母，住进了学校。初一时，你是年级前十名的学生，特别优秀，而且，你做了班干部，还参加了许多大赛，那一年，你在学习、工作、生活各个方面都有一个质的飞跃。只可惜，你在初二的时候，我们住进了离你学校很近的新房，你也随之成了走读生，也许就因为你走读了，心散了，依靠父母多了，你的成绩远不如初一，你的努力是不够的，还好，最终，你顺利地考上了高中。

读高中时的你，已经有了自己的思想，常常谈及一些很有见解的看法，成绩也很不错，身体很健康，有这些，妈妈也就满足了。北大、清华曾是我们共同的梦想，但我们发现，你不是能上北大、清华的孩子，你有不够踏实的一面（这也都怪我，对你要求不严格，没培养好你的学习品质和意志），我们不后悔没把你培养成为北大、清华的高材生，因为，你不只是一个只会学习的人，你是有志向，有思想，有主见的青年，你很会待人接物，文明礼貌，你有很强的协调能力，这在今后的工作中，将是非常重要的。

儿子：妈妈梦寐以求的就是你能考上大学，你很争气，你考上了，而且考得很好，所有亲戚和周围的人都为你高兴。可是，在填志愿方面我们一是没有经验，二是听取意见太多，三是怕你将来受累。因此，你的志愿没有填好，你应该上更好的大学，你的分数够全国四十多所学校的一本线，而我们却把你限制在南京城里，这一点，妈妈觉得欠你的，而懂事的你却反过来劝妈妈，安慰妈妈，这让妈妈很是感激。

你上大学时，妈妈给你的要求是：一、能改专业则改。二、一定要考研。这两点你都努力了，但你说你爱你的专业，更爱你的班级你的同学。妈妈赞同你，只有懂得感情的人才懂得生活，妈妈希望你和你的同学好好相处，珍惜四年大学的美好时光，和你的同学一起拼搏吧！你已为考研做了准备，并准备考公务员，你说想报中科院和本校两个志愿。爸妈都支持你，尊重你的选择，你已长大，妈妈相信你，无论结果怎样，妈妈不会有任何抱怨，真的，不会的。妈妈只希望你能成为一个对社会有用的人。只要你努力了，妈妈就会高兴，妈妈相信，我儿子将来无论做什么工作，他都是一个有能力且相当优秀的人才。

儿子，妈妈最想让你做到的一件事，就是博览群书，妈妈当初给你取名字就是这个想法，希望你知识渊博，博学。关于你的名字，妈妈曾不止一次跟你说过的。伟人都是博学、博识的，妈妈不期盼你成为伟人，但你一定要是一个有才能的人。

儿子，你在学校里，是一个比较爱参加活动的学生，特别是大一年级时，你除了学习，还担任了学校团委工作等职务，积极参加学校各项活动，现在你学习忙了，参加活动少了，但锻炼不可缺少，只有拥有健康的体魄，才能更好地为社会服务。

你是个懂得节约的孩子，但节约也不必过分，我们的家庭供得起你，你一定要吃好，穿好，穿暖。你落在家的羽绒服有意没给你寄去，那还是你高中时买的，今天给你寄去600元钱，早点买件新的，以备寒流。

妈妈还想对你说的就是要讲卫生，这是妈妈一直爱督促你的话题，现在正值“甲流”盛行时期，全国到处都紧张，你就要更注意个人卫生和公共卫生了，特别是宿舍，你是室长，应该带头搞好卫生，给大家做好榜样。不过“甲流”这问题注意预防就行，不必造成心理负担，但讲卫生不是一时一地的问题，是一辈子的事。

儿子，妈妈急切想给你写这封信的心情已有很久了，那是因为再过两天，也就是农历10月12日就是你的生日。儿子，二十年来，妈妈为你的健康成长而喜悦，为你的每一次进步而欣慰，你二十年的成长道路上，哭过，笑过，有开心，有幸福，有成功，也有失败，但在妈妈眼里，你是一个坚强乐观的孩子，你在困难面前没有低过头，跌倒了爬起来，你也从不炫耀，不会为取得一点成功而沾沾自喜，你是一个比较沉稳的孩子，是真正的男子汉。自信是你最大的优点，它将在你今后的工作中助你成功，但你还是要谦虚，多向他人学习，多和同学交流。

在你生日之际，爸爸、妈妈、姐姐同祝你生日快乐！永远开心，健康、幸福和成功属于你！

家里一切都好，你不必牵挂，姐姐现在所在的公司不错，工作很愉快，爸爸妈妈工作也顺利，身体健康，工资涨了，是一件高兴的事！

想说的话还很多，下次再叙吧，妈妈永远祝福你！

写于2009年11月26日夜（农历十月十日）

送侄子回部队

侄子探亲假刚过一半，突然接到部队的电话，只见他“噌”地从沙发上站起来，立刻一脸严肃。然后对爷爷奶奶说：“我要回部队！”

侄子的这一举动震惊了老人家，倒不是孙子中途归队让老人家不能接受，主要因为孙子每次探亲回来，在爷爷奶奶面前总像个长不大的孩子，可刚刚从沙发上迅速起立的风姿，让老人家感觉这一幕与平常他们眼里的孙子简直判若两人……

接到侄子意外归队的消息，多少有些遗憾！心里放不下，便给侄子打了电话，让他过来吃饭。他不肯，我便把刚做好的煎包送了过去。跟侄子聊了一会儿，侄子话不多。我知道，小伙子除了心系部队，家里也有了新的牵挂……

我和先生商定，明天送侄子去高铁站。

第二天，我们开车和弟弟、弟媳一起把侄子送到徐州东站，侄子下车，首先跟我说：“姑姑！我走了，再见！”然后，他还跟他爸爸妈妈说了什么，我都没有听到。只看到他背着背包，手拉皮箱的背影走向取票大厅。我拿起手机，拍下他英姿飒爽的背影。

先生把车子开去了停车场，我和弟弟弟媳都站在原地等待。很快，侄子取票出来，再一次和我们打招呼，我们想随侄子一起走向进站口，但侄子示意不要再送，只好挥手告别。

看着侄子远去的背影，突然觉得，四年的军营生活锻炼了侄子，他不再是四年前那个稚气未脱的孩子了。看他那强健的体魄，矫健的步伐，一往直前的气势，一举一动都写满军人特有的气质。我们打心眼里高兴。

在他快到进站口的那一刻，我以最快的速度，打开相机，对着侄子拍下他那急切归队的背影！

所有离别的语言都与这次送别无关，所有叮嘱的话语在此刻都不相宜。在这个通向远方，通向边疆的驿站，一声“再见”是最美的送别诗。

四年前的送别历历在目。侄子要去参军了，我特意请假送别。学校离侄子家一个公园之隔，我以最快的速度穿过公园，跑向侄子家。九月的阳光是明亮的，九月的空气是清爽的。桂花香气扑面而来，鸟儿欢畅地在天高云淡处翱翔。突然觉得这个季节美好而有意义。

就算你经历再多的送别，没有亲身经历过送军的场面，都不会深刻体会到那种不同寻常的离情别绪。当你知道那长长的离别，需要用两年时间才能完成；当你知道他要去接受钢铁纪律，艰苦训练，用青春书写最美丽的风景；当你知道他是去保家卫国，为了祖国的安危和荣誉，为了万家团圆……你会顿然明白，军人选择了祖国戎装，就要不辱使命；你会懂得，家和亲人是他最坚强的后盾；你会感到无比的骄傲与自豪！

所以当所有新兵上车的那一刻，那挥手，那泪水，那激励的话语都可以写成一首首铮铮诗行。我把止不住的泪水擦了又擦，看到侄子坚定地走上车厢，平静地坐在窗口，心中百感交集。侄子的坚强令我有点惭愧！那带着理想，肩负使命的背影，让我感到他已长大！

侄子对着窗外，看看我们全家每一个人，用手指向我母亲，对我说：“姑姑，照顾好奶奶！”那一刻，我泪奔了！

侄子的一个信息打断了我的回忆："姑姑！我上车了！再见！"知道侄子上车了，我们放心地准备离开车站。侄子又发来一条信息："姑姑！把你拍的照片发给我。"我一惊，我拍的是背影，他明明是没有转脸，怎么知道我拍照了？！我无法明白。

我把两张背影照片发给了他。同时发在我的朋友圈，上面写道："侄子正在探亲期间，部队急召归队。服从军令，大局为重！"下面迎来了众多点赞与问候。其中一个评论是这样写的："我也曾有过这样的经历。一个老兵为他敬礼！"

我深深感激这位老兵，同时满满的欣慰！因为我的侄子是"最可爱的人"。

更值得欣慰的是，四年来，侄子已经成长为一名优秀的军人，一名勇敢的战士，一位出色的护旗手。前几天，中央一套《将改革进行到底》节目之"强军之路"中，我看到了侄子接旗的镜头。侄子那正步走，那有力度的护旗动作，那接过神圣使命的雄姿，让我看到了军人的风采，人民军队的力量，祖国的强大。

（原载于 2017 年 8 月 26 日《宿迁晚报》有删节）

女儿童年趣事

记得女儿三岁那年，夏天的一个周末，我正忙着做家务，女儿拉着我的衣襟：“妈妈！陪我说说话呗。”我说：“没看见我在忙吗？”

女儿说：“妈妈，我跟你是同学，我们俩是好朋友，好吗？说会话吧！”纯真可爱的女儿真逗！

女儿的天真触动了我，停下手中的活儿，把她揽在怀里。

那时候，我还没有手机，一定不是自顾自地沉迷于网络，但是，两个相差不到两岁的孩子真的把我忙晕了，所以很少顾及已经需要交流的女儿。现在回忆起来，感觉很对不起孩子，当时总是觉得把家收拾得干干净净的，比和孩子互动重要。

女儿小学三年级那年，我们住在学校的大院里。一个星期天，我和先生都忙于初三在校学生的补习课务。当时，我家还没有洗衣机，早上出门前，我把一家四口人的换洗衣服都拿出来，放在走廊下的大洗衣盆里，然后放上水和洗衣粉浸泡，准备下课回来再洗。放学回家，女儿已经把我的一大盆衣服洗好了。只见大盆里的水不算脏，水面上的泡沫，像一个个小眼睛在眨呀眨；衣服一团一团，有模有样地拧在一起，放在大盆旁边的小盆里。看女儿那架势，正在想办法往院子里的绳子上晾晒呢！我问女儿：“你是怎么洗的？”女儿说：“我跟你学的呀，把衣服放在搓衣板上，然后搓搓搓，然后就一件一件把它们拧出来。”女儿说话的时候，还用小手比画着搓衣服的动作。

我的天！女儿费了多少力气把衣服洗出来的，我不知道。我只知道，女儿从泡着洗衣粉的水里把衣服弄上来，拧干，就算把衣服洗好了。她哪里知道，洗衣服还要用清水漂洗一次，两次，三次，甚至四次啊！

我笑了，心却有点疼。

一年夏天，女儿去外婆家度暑假。一天下午，我打电话告诉母亲，晚上要去带女儿。母亲煮了几个鸡蛋，对女儿说：“快吃吧，回家就没有我这样新鲜的鸡蛋吃喽。”

我把女儿带回家，女儿变魔术一般，从书包里拿出鸡蛋、苹果、西红柿、大白兔奶糖，摆了满满一桌子。原来，女儿把外婆平时给的好吃的都收藏起来，留着带回家给弟弟吃。

那次，我们走后，母亲在她的厨房门后发现一篮子猪草。母亲说：“一定是丫头听说要回家了，趁我们下午出去干活，偷偷替我割的猪草。”母亲告诉我，那些草里，有的是猪不能吃的。母亲说这件事，好笑又激动，直到多年以后，还会常常提起。

女儿每次从外婆家离开，村上的小朋友都要送她很远。女儿除了脾气好，招人喜欢外，还有一个我和我母亲都不愿说破的秘密。母亲家的菜橱里，柜子里，总是备着一些好吃的，如馓子、饼干、苹果等。女儿每次到外婆家，一定会把这些好吃的拿出来，分给村子上的小朋友吃。

母亲总是装作不知道；女儿也从来不解释；我知道了，当然也不责备。女儿分享也就成了习惯。

母亲说“从小看大，三岁知老。”

母亲说得没错，长大后的女儿，待人真诚、勤劳、善良、体贴、知恩图报、喜欢分享。

忆起女儿的童年，心里有些隐隐作痛。那时候家里两个孩子，我们忙于工作，有时候照顾不过来，就把女儿送到外婆家。懂事的女儿也就习惯了，慢慢地，她对外婆的爱多于对我的依恋。值得欣慰的是，缘于我母亲仁爱的精神力量，女儿健康，阳光，有爱心，让我甚是欣慰。

此刻想对女儿说一声：“孩子，妈妈爱你！”

写于 2019 年 9 月 2 号（女儿生日）

儿子童年趣事一二三

一

我要给三岁的儿子吃打虫药。

我说："儿子，你肚子里有小虫子，来吃打虫药。"

儿子说："我不吃！"

我说："如果你不吃药，你每次吃半碗饭，都被虫子吃了，你就不能长大了，长高了。"

儿子说："那我每次就吃一碗饭。"

我笑而无语！

二

星期天，我们骑着自行车，带着女儿和儿子，一家四口去郊外游玩。

三月的阳光格外明媚，道路两旁，杨柳依依，绿如烟、舞翩跹；树下，青草间镶嵌着朵朵耀眼的紫色小花；旷野无边，绿油油的地毯铺向天边，空气里弥漫着香甜的气息。我们好惬意！

在一条公路旁边，儿子发现一条黄色的小狗在吃青草，就急着要下车。儿子在小狗的身旁逗留很久，一直在观察小狗吃青草的动作，嘴里不停地说："妈妈，小狗饿了！小狗饿了！我们没有东西给它吃啊！"

我说："小狗不是饿了，小狗就是吃着玩的。"（其实，我也是第一次看到小狗吃草，不知何故！后来听人说小狗吃草是因为要阴天了。）

儿子说："妈妈，它一定是一条流浪狗，没有人喂它呀！"

我说："不是的，它有主人，放心吧！"

磨蹭了许久，我们要回去了，几经劝说，儿子依依不舍地离开。

回来的路上，儿子一直念念不忘，一直在追问，小狗到底有没有家。

晚饭的时候，儿子不吃饭，我问他为什么不吃饭，他说："那条黄狗回家了吗？他一定是一条流浪狗啊！"说着说着两行泪水顺着小脸颊流下来。"流浪狗啊，它晚上住哪里啊？"儿子那伤心的样子，真叫我哭笑不得！

就这样，儿子一直哭了一个晚上，我也陪着他一个晚上，直到安慰他睡着。

三

儿子上小学了。我们仍然住在学校的家属区。

一个星期天，一只信鸽飞进了我们这个普通的小院，鸽子到我们家就没有想走的意思，我们几乎没有费劲就抓住这只鸽子，把它装在临时做的丝网笼子里，这下可乐坏了儿子。

儿子把小手伸进笼子里，小心地摸着鸽子灰色的羽毛，拉着它的小腿，用小手转着鸽子腿上的钢圈。然后忙着给鸽子喂米、饼干、馒头渣，还喂水，不知道怎么疼爱它才好，也不知道鸽子是否需要！晚上睡觉的时候还要再去看它一眼。

第二天上午，儿子给鸽子喂完食物，才放心去上学，我们也都上课去了。谁知道，我们放学的时候，鸽子破网而逃了！

看着空空的笼子，我不知道怎么向儿子交代。儿子放学回来，书包没放下就冲鸽子而去，可是，当儿子看到鸽子不在的时候，顿时大哭起来，“我的鸽子！我的鸽子！”泪水哗啦哗啦，如倾盆大雨，如泄洪的闸门，怎么也止不住！

那个中午，儿子没有吃饭，哭了很久。

我告诉儿子，鸽子是有任务的，它只是飞得累了，到我们家来歇一歇，它去送信去了。鸽子是觉得我们家的人好，相信我们不会伤害它，才到我们家来的。等它送完了信回来，路过我们家的天空，你还能看到它，或许，它还会来看我们的，因为你帮助过它，你是它的恩人！

听了我的一席话，儿子释然了！

童言无忌

一天，我心情不好，儿子看出我不高兴的样子，说：“妈妈！你不高兴了？”

“是啊！”我说。

儿子说：“你为什么不高兴啊？”

我说：“你爸爸惹的呗！”

儿子一本正经地说：“妈妈我教你一个办法，你就不生气了。”

“什么办法？”

“你不要往心里去，你就不生气了！”

我惊喜！

儿子，你才三四岁啊！谁教你这个小人儿这么劝人的啊？！

农历二零一四年十月十二日（写在儿子的生日里）

父亲回家便是过年

在我童年的记忆里，父亲很少回家，但每次回家，家里都如过年一般。

父亲退休前一直在徐州煤矿工作，每年只有一次探亲假，除了偶尔因事请假回家外，父亲总是把最宝贵的一个月探亲假安排在过年的时候。

于是，每逢过年，我和弟弟们就比其他的小伙伴多了一份期待，那就是盼着父亲回家！

父亲每次回来过年，总是背着一个大大的、黄色的帆布包，里面装着的是我们全家的期待与幸福。我和弟弟总是迎出家门很远，第一个接下父亲大包的是我。包里的内容几乎每次都一样，有外婆和祖母的两包点心，有我和弟弟们的小儿酥，有父亲自己和大伯叔叔邻居们喜爱的红杉树和大前门香烟，当然，还有包裹了一层又一层的重要东西，那是父亲的血汗，我们全家一年的口粮钱。

父亲回家，倍感欣慰的人是祖母。于是，祖母总是颠着小脚，从厨房到堂屋，像变魔术一样，一会儿炒瓜子、炒玉米，一会儿炒黄豆、炒蚕豆、炒花生、炸京果，各种炒年货一一呈现在大家面前。过年的气氛从父亲回家开始，由祖母的“魔术”变得热烈，满屋子的快乐会一直延续到父亲上班的那一天。

记得有一个大雪纷纷的年关，父亲迟迟未归，我们一家人的心情犹如那严冬的天气，哇凉哇凉！父亲的家信中说按时回来过年的，可是直到大年三十晚上尚未归来。那天，母亲一整天都在为年夜饭做准备，和面、剁饺子馅、炸丸子、炖肉和萝卜等，忙里忙外不停歇。直到暮色苍茫的时候，突然，母亲说：“我不想做了”，说完就把锅铲往灶台上一扔，然后呆在那里。在旁边打下手的我也惊呆了。平时母亲很爱我们，也很孝敬祖母，她向来都是把我们照顾得好好的，不让我们饿着、冻着。今天母亲怎么了？那一刻，家里的温度似乎在陡降。不更事的弟弟们都跑出去疯玩了，祖母好像跟着大伯去了，说是上坟给祖父烧纸钱的，家里剩下的就是母亲和年幼的我。于是，我就一遍又一遍地跑出家门去寻父亲的身影。当时年幼的我不太懂得母亲的情绪，今天想起那情那景，真正明白：母亲一年到头含辛茹苦撑起这个家，无怨无悔照顾祖母和四个孩子，真的不容易！三十晚上了，村上家家户户都过团圆年了，唯独我家，父亲缺席。这个年过得还有意义吗？难怪母亲有情绪！难怪母亲撂挑子！

终于，在我面对母亲不知如何是好时，在我一遍又一遍地向村头眺望中，借着雪光，我看到父亲的高大的身影，出现在村西头的小路那端，出现在空旷的田野上，出现在漫天飞雪的世界里！直到多年后，每当我读到刘长卿的诗句“风雪夜归人”，都会联想起那个年三十晚上父亲归来的情景。

“爸爸回来了！爸爸回来了！”我是一路奔跑欢呼雀跃地向母亲报的喜，但是母亲没有任何回应。随后，我只听到厨房里又响起了锅碗瓢盆的交响曲！

那年过后，我似乎一下子长大了许多，明白了家是什么！过年意味着什么！更加渴望父亲天天陪在自己身边，那种对于团圆的期待也愈加强烈起来！

近几年，我越来越意识到自己父爱的缺失，体悟到内心深处对父亲的依恋，心灵深处的那种更加凝重的父女情在慢慢觉醒。此时，我不由得想到今天只身在外打工的人们，想起除夕之夜还在坚守岗位，顾大家舍小家的父亲们，想起像我当年一样的留守儿童！父爱可能成为他们一生的缺憾！团圆是他们最大奢望，过年是他们最美的期盼！抑或是心酸！

过年了！漂泊在外的父亲们！愿你们早日踏上归途，妻儿盼你归来！家人盼你团圆！

父亲回家，便是过年！

（原载于 2019 年 2 月 4 日《宿迁晚报》）

父亲母亲的收获

母亲做了一辈子农民，对土地爱之深切。父亲自从退休归来，爱母亲所爱，与母亲一起耕作、播种、收获；日子过得充实、喜悦、满足。

三年前，二弟为父母买了有电梯的商品房，接二老到城里来享享清福。但是，父母热爱土地的情结不变，在儿女们的一再劝说下，还是留下三分水田，种上水稻，亲手为儿女们种一点不打农药，绿色环保的粮食。

今年秋收后，我们姐弟四人约定，每家都把米买得足足有余，接他们到各家视察，说好不吃他们种的米。在这种情况下，父母只好回家，把水稻卖了。并答应我们，以后不再种地了。

父母的水稻共卖了 440 元钱，上交了 25 元打水的费用，还剩下 415 元。母亲把一季收成压在枕头底下，心里说不出是喜悦还是失落，在老家过了几天，没有再去碰它。

其实，父母不缺钱花，父亲有退休工资，我和三个弟弟弟媳妇也经常给他们送钱，买菜，买营养品，家里到处都是好吃的，冰箱里从来都是满满的，老人种地就是为了儿女们能吃上放心粮食。

二弟回老家带父母那天，父亲说，地都退了，以后不种了，门前这菜园子，我一个人抽空回来看看就行。上车前，父亲到菜园里看了看，拔点葱和青菜带上，又把地里刚露头的嫩草拔掉，关上菜园门，上了车。刚到车上，母亲突然想起枕头底下的415块钱，对父亲说，水稻钱还没拿来，父亲转身回堂屋去拿钱，然后回到车上，说："走吧，这是最后一年的收成了。"

二弟送二老回到他们自己的房子里，便匆匆回去上班。不一会，就接到母亲的电话，母亲焦急地说："你们快来，我的水稻钱丢了，可能是刚刚上车时候掉在老家门前路上了，所有包里都翻遍了，都没有！"听母亲说话有些语无伦次，二弟和二弟媳妇飞速赶来，只见父母衣帽穿戴整齐，满脸焦急，一副要奔回家找钱的架势。二弟说："你们在家好好等着，我们回去给你找，不要急，能找到。"

二弟一边开车，一边跟母亲打电话，问清楚具体多少钱。然后和弟媳妇说："这钱一定找不到的，谁知道爸是在上车丢的还是下车时候丢的。"

但是，不管找到找不到，都得去，他们知道父母丢的不仅仅是415块钱，那是老人对土地深深的眷恋，是二老对儿女们无言的挚爱！

想起六七年前，70多岁的父亲还能骑上三轮车，载着母亲，一家一家给儿女们送米送菜。米是筛了又筛的头等米；萝卜青菜是不打农药的、挑拣得干干净净的蔬菜；小鱼小虾是河边买的，新鲜活蹦欢跳的野生鱼虾，或者是油和面搅拌煎炸的香酥脆的炸虾。鸡蛋咸鸭蛋自不必说，母亲总是把家养的草鸡蛋留给我们的孩子，然后去买圈养的洋鸡蛋给父亲吃，母亲自己是舍不得吃的。

弟弟弟媳妇们不知道劝他们多少次，不要种地了。但是，他们就是不听。那浸透了父亲的汗水、饱含着母爱的大米和蔬菜仍然源源不断地送到我们四家……

二弟的车子开到老家，暮色已将村庄笼罩，树影逐渐模糊。看看地上没有钱，如他俩判断的一样。他们不约而同地拿出自己的钱包，二弟媳妇从自己的钱包里掏出300元，二弟又从钱包里和口袋里找到100元和一个10元的。二弟又对弟媳妇说："还差5块，你再找找。"

这个微信支付时代，零钱真的不好找，二弟媳妇翻遍所有夹层，终于找到一张5元的，喜出望外地递给二弟。二弟把几张票子放在地上，一张张对着地面搓来搓去，恰巧前几天刚下点小雨，路上还有些烂泥，那些钱便不均匀地沾了一些泥土；之后，二弟和二弟媳妇相视一笑，给父母打了电话，这才轻松地放心回去。

见到父母，二弟把钱拿在右手，对着左手敲打，那姿势，分明是在抖落泥土。看到二弟拿着钱回来，父亲兴奋又自信地说："我这辈子从来没有丢过钱，我就知道能找到。"母亲问在哪里找到的，二弟说："还记得我当时倒车吗？压在车轮下的，钱都在，上面还落了树叶，没有人发现。"

父母如释重负，开心的样子，像找回了丢失的孩子似的。

事后，母亲津津乐道地给我讲钱失而复得的过程，不知情的我还略略质疑一二，一贯聪明的母亲对此深信不疑。

后来是弟媳妇把这个秘密告诉我的。

我以为这个想起来都让人幸福又心疼的美丽谎言，终会成为一个永恒的秘密。

揭秘的人是我大弟弟。

前天，老家有位老人去世，大弟回老家帮忙，看到天气晴好，阳光灿烂，就把父母的被子抱出来晒晒。一拿枕头，几张票子哗啦哗啦地掉落下来。大弟弟一看，这里还有钱，数数六张，共415元，心想，这是父母放在这里忘记了吧！就顺便带了回来。

周末，母亲老胃病犯了，我和先生带母亲去医院打点滴。中饭时候，我们带母亲回家，不善言辞的父亲双手背在后面，早已在楼下走来走去，等候我们，表情里既有对母亲的担忧，又露着几分喜悦，我有些不解。

上楼，楼道里溢满饭菜的香气，以“我家大厨”著称的三弟来了，做了满桌子菜肴等着我们，大弟也从老家回来了，正给三弟打下手。见到我们，大弟弟又把发现枕头底下钱的事说了一遍。母亲听了，本就有些抖动的头更加抖得厉害了，眼神由迷茫到明亮，再到潮湿，后来，眼角挂着晶莹的泪花；再看父亲，满脸的欣慰。

父亲若有所思地说：“那老二啊！当时拿钱给我，还一个劲地抖着上面的泥呢！”然后又转身对母亲说：“老伴，咱地不种了，咱有这些孩子就行。”

我们把母亲安顿在沙发上躺着，一家人围着餐桌坐下来吃饭。二弟吃过饭也来看望母亲，二弟坐在母亲身边。大弟弟一边吃饭，一边饶有兴致地把发现枕头底下钱的事讲给二弟听，二弟憨憨地直笑。

我半开玩笑地问父亲：“老爸，你去堂屋拿钱了吗？”父亲看看一桌子儿女，想想说：“我忘记了。”

八十四岁的父亲，记忆真的不好了。

那天，父亲的确去了一趟堂屋。但是，他没有去枕头底下拿钱。

（原载于2018年11月9日《宿迁日报》）

小外孙女的眼神

外孙女豆豆刚满周岁几天，正是牙牙学语的时候。她一串一串的语言，说出来，你一句都不懂；喜欢唱歌的她，声音忽高忽低，认真处还会皱着眉头。我们能够听懂的就是：“高兴”。

但是，她四个月的时候，就会用眼神跟我说话。第一次发现她目不转睛地看我的眼睛，我的心里一阵惊喜：你是要问我问题吗？心里想着，立即回答她。记得当时好像是女儿出门，豆豆便用眼睛盯着我看，我告诉她：“妈妈去买菜了，很快就回来。”说完，她不再看我，一副懂得的模样。

外孙女四个半月的时候，女儿开始上班了。我便抽时间去看看豆豆，我们都坐在沙发上说话，女儿来电话，豆豆静心听我和女儿通话，一动不动。通话结束，我们大人继续聊天，突然发现豆豆一直在看我的眼睛，她的眼神里明显是在向我问话，我赶紧告诉她：“是妈妈打来的电话，问豆豆在家乖不乖，有没有喝牛奶，是不是听奶奶的话了。”我的话说完，豆豆就开心地自己玩了。

豆豆大概六个月的时候，对食物有极大的兴趣。我抱着豆豆到我母亲家，母亲在厨房下饺子，正赶上锅开了，母亲掀开锅盖，白色带着香味的热气直往上冒，豆豆看到这一幕，乐得在我怀里欢呼跳跃，然后用眼神认真地正视我，大概是告诉我饭好了。我回答她："是啊！太太下饺子给豆豆吃了，马上好了。"随后，豆豆便安静地伏在我的怀里。

刚过周岁的豆豆偶尔冒出一些简单的字，但是，遇到问题还是不会说。昨天父亲生日，我们带着父母去商场买衣服，母亲在试穿一件紫色带白花的衬衫，我在专心地和母亲探讨衣服的样式如何，穿起来合不合适，忽略了怀里的豆豆。当我回过神来，才发现豆豆一直在看我眼睛，感觉她是在问太太怎么穿人家的衣服。我立刻告诉她："太太在试穿衣服，我们要给太太买衣服。"听完我的话，豆豆又开始自然地在我怀里玩耍了。

昨天，豆豆在我家，为了不打扰她睡觉，我把手机打在静音。豆豆醒了，我在看书；手机上显示一位同事打来的短号，豆豆咿咿呀呀地喊我，眼睛一直盯着手机；原来，她在告诉我有电话，让我快接。那一刻，我激动得狠狠地亲了她一下。

原来，人与人之间的交流，可以不用语言，也可以不用华美的辞藻，哪怕是一个眼神，一个动作，一声无字的呼唤；只要你心窗为他（她）打开，只要你懂他（她）。

本文为 2018 年 6 月 7 日江苏高考下水作文

大姑

我正在照顾住院的父亲，突然接到一个陌生的电话，对方说了声“喂”，我回了一声：“你好！请问哪位？”对方带有几分调皮的普通话说：“猜猜我是谁？”

我茫然，声音似曾相识，但记忆里搜寻一遍，想不起来。直到对方说出“我是你大姑”，猛然想起，前不久，母亲回老家，大姑的父亲——我的本家大爹向母亲要我号码的事情，顿时恍然大悟。

大姑其实跟我一样大，同是属兔，因为同村本家，听说还是五服里的，所以，我就要称呼她“大姑”。

母亲说，大姑已经是第二次找我的电话号码了，说大姑做梦都想见到我，时常梦见我们小的时候一起上学玩耍。第一次大爹来抄写号码，母亲眼睛看不清楚，请一位邻居大哥帮忙抄给大爹；结果大姑一打电话，号码显示山西。于是，隔了一段时间，大爹第二次来抄写号码，为了万无一失，母亲现场打电话同我确认，唯恐再次出错。我对母亲说，可以把大姑的号码给我，我给大姑打电话；大爹说手上没有，又记不得，我只好期待大姑的来电。

其实，我也很想念大姑，也有梦见过大姑，更多的是我常常给身边的人讲大姑的故事。

与其说是姑侄，倒不如说是好朋友。大姑是我从小到大最贴心的朋友，我们无所不谈，大姑所有的小秘密都会第一个告诉我，我也会对她的秘密守口如瓶。

大姑从小就是一个机灵、漂亮、乖巧的小女孩。每逢假期，我和大姑一起去割猪草，大姑动作麻利，镰刀似乎是电动的，割起草来“呼哧”“呼哧”，篮子总是早早地满了。有时候，大姑也帮我割一些；否则我的太少，回家要挨训不说，我们若是背着猪草的篮子走在村子上，那些蹲在村头或者门前屋后抽着烟袋的、聊天的、纳鞋底的爷爷奶奶叔伯婶婶们看见，就开始评头论足，提高嗓门喊：看看，那谁家的孩子，多能干，一会儿工夫，割了一篮把子草（一篮把子，就是猪草将篮子装满，直到篮子的把子都塞得满满的，几乎没有缝隙）。若是我们割草送给生产队里喂牛，在磅秤上一称，我的总比大姑的少几斤。如果哪一天，我的多了一点，那我会很骄傲，走起路来特带劲儿，头抬得高高的，希望能得到跟大姑一样的赞扬声。

大姑的确能干，我做梦都想成为大姑那样的能干人。大姑十岁之前就会做饭，洗衣服；十二岁就会烙煎饼，所有的家务活都难不倒大姑，村上人没有不夸大姑的。关于烙煎饼做家务的事情，我不知道被母亲骂过多少回，说我不如大姑。所以，我暗暗向大姑学习；每逢母亲烙煎饼，我会趁着母亲出去拿东西或上厕所的空隙，跑去鏊子旁烙上两张煎饼；但是母亲总说我把她的面糊糟蹋了。

大姑走路非常快。记得我们读三年级的时候，夏天的中午有午眠课，我们都是从家里带塑料布铺在地上午休。大姑穿小碎花衬衫，红色裤子，下课的时候，大家都迷迷糊糊、慢慢腾腾地起身，大姑却一骨碌翻身，然后一溜烟地、轻盈地走出教室，我的印象里就是那一点红在飘动。我们学校在村头，大姑家就住在学校旁边，只要放学，大姑就飞快地跑回家，做饭、喂猪、洗衣服。等到干农活的大人到家，大姑已经把家务收拾停当。

大姑兄弟姐妹四人，大姑是老大，父母身体不太好，大姑初中毕业就不再读书了，我和大姑同学时光也就结束了。大姑从小学到初中都是在村上学校读书，没有离开过村庄。

大姑离开学校，干了一段时间农活，就去镇上服装厂上班了。18岁的大姑漂亮又能干，前来提亲的人踏破门槛。大姑心思都在照顾家庭、照顾弟弟妹妹上，把提亲的人拒之门外；只要下班到家，大姑就到菜园里摘菜、做饭，或是在门口的水井旁洗衣服。

二十岁那年，大姑还是没有谈对象。那时候，我已经读书归来，在我们村头学校工作；学校没有院墙，我们时常能看到大姑忙碌的身影。我们学校有一位青年教师经常对我说，谁要是娶到这么好的姑娘，一定是哪辈子修来的福分。有一次，这位男老师对我说："我要是还没有对象，我就娶她。"

我知道，这位男老师有对象，他们是同学，他对大姑不是非分之想，他是对大姑勤劳善良，勤俭持家的一份敬重。

大姑也是个爱美的女孩，有一年暑假，我去南京的姑姑家过了一个多月。临别时，大姑把她平时节省的一百五十块钱交给我，叮嘱我给她买一双皮鞋。在八十年代，一百多块钱是大姑几个月的工资，我揣着大姑的美好期待，不知道在南京新街口转了多少趟，几乎所有卖皮鞋的地方都去过，最终在中央商场选定一双棕色宽口带襻高跟鞋。

这双鞋，是大姑的最爱，穿了很多年。

二十二岁那年，我的大姑父出现了，一位又高又帅的小伙子，大姑很喜欢他，我也替大姑高兴。大姑出嫁那天，我作为伴娘送大姑去婆家。那时候都是自行车带新娘，也是这样的春末初夏季节，一路上花红柳绿，美景配佳人，迎来许多路人的赞美。大姑红苹果一样的脸蛋上写满幸福和羞涩。我的心里五味杂陈，我不想失去大姑，我觉得大姑父尽管很帅，文化也比大姑高，但还是委屈了大姑，这世界上能娶大姑的人应该是更完美的，至于完美到什么样，我也说不清楚。

婚后的大姑吃了不少苦，大姑生了一儿一女；由于大姑父到外地打工赚钱，家里有个后婆婆，也不心疼大姑，种地带孩子都是大姑一个人。那时候，虽然没有电话，我还会经常去看大姑，她回娘家，就来找我。

我出嫁以后，和大姑很少联系，除非碰运气，我们同时回娘家，就在一起叙叙旧。有一次，因为工作上的事情，到大姑的村子，我放弃了工作餐，去大姑家吃午饭；大姑给我做饭，现在能够清楚记得的就是一盘藕。大姑说："家里没有醋了，藕炒得不好，将就吃吧。"我跟大姑不见外，吃什么都不重要，只要我们能够在一起说说话。现在想来，大姑当时一定很难，孩子没人带，赶集买东西不容易，跑到大队小商店也要一段时间；或许，大姑手里的油盐酱醋钱也紧张。

今天接到大姑电话，我心里一阵激动。大姑说带着孙子孙女在千鸟园广场，问我离她多远，方便去那里找她。我说不远，我忙完一点事情，就过来。

安顿好在医院的父母，我火急火燎地开车去千鸟园。二十多年没见面了，停了车，我巴不得一眼就看到大姑，我一边打电话一边寻找，一次，两次，电话没人接。我想大姑不会离开的，她带着孙子孙女，一定在儿童游乐场，没有听见电话。我一边打电话一边寻望。终于大姑接电话了，大姑认出远远走来的我，叫我向右转脸就能看到她。大姑对我招手，远远地看到大姑穿着深黄色毛衣，短发，比以前胖了不少。走到跟前，心里欣喜，泪水却在眼眶里打转，我极力不让它流出；大姑变了，白里透红的脸庞已经变得黑且粗糙，眼角出现深深的皱纹，两只胳膊都不能伸直，那是累的。我看了又看大姑，然后紧紧地抱她一下，她用手拍拍我的后背；松开她，我又冲动且撒娇地打她一下，打得很轻，嘴里不由自主地说："大姑，你老了。"大姑说："还能不老，都当奶奶了！"我心里酸酸的，我只记得大姑年轻的模样，那青春的、满脸红晕的大姑。

不过，再仔细看，大姑没有变，那俊俏的脸庞，那灿烂的笑容，还是大姑当年的样子。我说："大姑，你看我老了吗？"大姑说："还好，就是眼角有皱纹了。"

突然觉得大姑在给我留面子，其实，我们都老了，对自己的变化慢慢接受了，二十多年不见面，一下子不能接受对方的巨大变化。

大姑就是大姑，永远都护着我，爱着我，就像当年帮我割猪草，如今不忍心说出我的老一样。

我们远远地看着玩耍的两个孩子，眼前出现了当年大姑的一双儿女，我说："简直太像了！"大姑的眼睛里充满了柔情和怜爱，说："老家的人都这么说。"大姑告诉我，儿子媳妇要工作，她现在的任务就是带孙子孙女，忙里偷闲地做饭洗衣服，偶尔也帮忙带带外孙；也许等孙子孙女都能上学了，就轻松了。我说："大姑，等孩子妈妈休息，你给自己放个假吧，我请你出来坐坐，我们慢慢聊。"

大姑似答应非答应。用一只手捏了捏胳膊又说："家里的事情多，洗衣、做饭、带孩子，我走了咋办？如果有事必须出去，倒是好说；若是出去玩的，那怎么好意思呢？"大姑的话让我无言以对，我沉默了。

我知道，大姑还没有进入老年，就和许多老人一样，已经习惯了哪儿都不去，全身心投入下一代身上，把带孩子作为她最重要的光荣任务，不言苦和累。

我下定决心，一定约大姑出来放松一下，我在期待着与大姑再次见面。

（原载于 2018 年第 6 期《石榴》）

静静地等待花开的日子

庚子年这个春节，过得不同寻常。那个叫“新型冠状病毒”的恶魔，从去年年底开始肆虐武汉人民。然后通过人传人，向全国蔓延。

春节前几天，我得了重感冒，恶寒、咳嗽、在家吃药，感觉好点继续做家务，办年货。接下来开始发烧，大半夜跑去中医院打点滴。

那时候，网上已经开始传来武汉疫情的消息，敏感的人们开始戴口罩出门。急诊室的值班医生明显增多，都带着大口罩。来看病的人也陆续多了，发烧、咳嗽的病人中，个别老人没有戴口罩；年轻人戴着白的、黑的、蓝的各种颜色口罩。我因为出门着急，忘记了拿口罩，心里有些不安。轮到我看病的时候，坐在医生旁边，觉得自己重感冒，这样跟医生说话，很不礼貌。看到医生办公桌上靠墙的地方，有一包已经拆封的口罩，就试着问医生要一个。医生拿一个口罩递给我说：“这个口罩是不准随便送给病人的。”我说：“我知道，谢谢！”

戴上口罩，突然觉得身边的医生，还有陪伴我的家人都安全了许多。尽管我发烧戴口罩是很难受的，口鼻的热气不断冲出，口罩里就像一个锅炉房。但是，我还是坚持戴上。

量完体温，三十八度五，比在家时候低了点，也许是临行前喝了一包小柴胡冲剂的效果。医生询问病情，特别问了肚子疼不疼。我回答不疼，随即联想到新型冠状病毒有腹泻的特点。

医生给我开了口服退烧药，说暂时不用消炎药；开了一瓶热毒宁和一瓶维生素用于打点滴。医生开药期间，接到一个电话，是医院一位负责人打来的，在统计夜班期间发烧病例。那时，天还没有完全亮，大概五点多。医院已经重视了。

门诊输液室里，比我来得更早的人有十几个。多数是年轻夫妇带发烧的孩子来打点滴，有的孩子爸妈还穿着睡衣。

我的点滴还没有打完，烧已经退了。心里暗自感谢医生用药对症。记得医生说："打点滴若没有效果，你要来查一下血，看是否病毒感染。"我很明白，医生指的是普通病毒，肯定不是"那个病毒"。现在退烧了，就说明我是普通感冒。

心里很清楚，我是受了风寒。但是，非常时期，还是有些担心。

第二天，除了咳嗽厉害，不再有发烧的感觉。为了巩固，早饭后再次来到发热门诊，医生开了同样的药。输液门诊人满为患，好不容易找个地方坐下来，排队。一个记者模样的小伙子拿着相机拍照，被医护人员阻止，后经协调，继续拍照。看来媒体已经关注。

农历腊月二十八晚上，儿子从广东珠海回到家中。饭全由先生来做，我因为感冒，只喝点粥。我怕感冒传染给儿子，让儿子给我夹点菜。儿子说："你不怕我是从珠海来的吗？"我说不怕。吃饭的时候，谈论最多的是新型冠状病毒。那时候，宿迁还没有一例。儿子说广东最早的两例就在珠海，也是有武汉旅居史的。我们都庆幸自己住在这样的小城。

嘴上说不怕，我是不怕我自己，但还是担心儿子。唠叨便多了一些，你一路上戴口罩了吗？你在机场去人多地方了吗？飞机安检严格吗？量体温了吗？你在南京停留一天，还到一些单位办事，到底接触到什么人了呢？

儿子说："放心，我来的时候，珠海才两例，不是在我工作住宿的地方，只要我在机场没有遇到，就没事。"

机场，我更不放心，南来北往的人那么多！

于是，我不准儿子拜年，就在家里。春节期间，儿子没有见到奶奶、外公、外婆、姐姐，只和我们在一起。我呢，春节后也没有见到父母，同样不准女儿回来。弟弟们电话约去小聚，坚定拒绝。

武汉封城，全国部分高速关闭，农村公交停运，小区进出门量体温检查，武汉医疗资源告急，全国四面八方向武汉捐赠物资，武汉紧急建造"火神山"和"雷神山"医院。我每天捧着手机看新闻，看新增病例情况。然后不断地把一些消息发在朋友圈，发在家庭群里，发给儿子和女儿。每天给老人打电话，给孩子打电话，交代他们不要出门。女儿带着两岁多正调皮的孩子，宅在家里很难受，女婿又不断地往工作一线跑，女儿跟我抱怨。我对女儿说："第一，现在是非常时期，不抱怨、不生气；第二，全国人民都在紧急防控，不是你一人。"然后，我把好友做医生的女儿发在朋友圈的一段话转发给女儿，"好好在家待着，不要让我们的努力功亏一篑。你所谓无聊的家，却是多少医生、护士、警察回不去的家。"这样一番教育，如定海神针，把女儿给镇住了。

好在家里有储备的酒精，我让先生一遍一遍地消毒。家里储备的口罩和近期购买的口罩也拿过来消毒，有时还用开水烫一下，并尽量节约使用。

儿子看我过分担心，帮我做了理性分析。然后安慰我说："您慎重对待是对的，但是不要过分担忧。只要我们做到少出门、戴口罩、勤洗手、讲卫生就没事了。"

其实，我心里一直藏着心事，儿子毕竟是在非常时期从千里之外的珠海回来，我一边相信没事，一边还在担心。谁知道他在机场或者酒店遇到过携带病毒的人没有！专家说，是否传染，要医学隔离观察 14 天才能确定。不管有没有，我都在暗暗地数着日子。

庚子年的一月十一，立春。儿子从珠海回来十四天了。

没有一个严冬可以阻止春天的脚步，春天来了。

推开窗户，阳光灿烂，风儿暖暖，眺望远方，一切都在期待中。

我继续给女儿和儿子规定，好好在家待着，保护好自己就是保护好他人。我们不能为国家做些什么，好好地待在家里，就是对社会的贡献，就是对国家的支持，就是对前线战士的帮助。相信疫情终将被战胜，胜利的一天很快就会到来。

我们静静地等待花开的日子。

（原载于2020年2月28日《江苏经济报》副刊）

第三辑　山水情怀

爱情走廊

最近一段时间，爱人突然迷上了钓鱼。虽是初涉“江湖”，进入角色到蛮快的。去了外环河几趟，每次都小有收获，钓的鱼虽是小了点，但他的喜悦之情是无法言表的。

这个周末，他又早早起来，说今天要去六塘河钓鱼。

一听说六塘河，我也来了兴致！简单收拾一下，坐上爱人的车，顺着江山大道往北，向六塘河驶去。

不一会儿，就到了六塘河小桥边。小桥两边已是“钓竿林立”了。爱人说：“我们是去左边还是去右边？”我说：“去左边。”

顺着小桥南侧，沿着河岸弯道，车子开进了树丛中的水泥路，慢慢行驶几十米停了下来。

在我们车子不远处，停着一辆高架电动三轮车。车上是一对老年夫妇，老大爷坐在驾驶座上，老奶奶坐在后面的车厢里。老夫妻俩安静而慈祥地坐在他们的车上，偶尔指点着河边钓鱼的人们，谁的钓竿提上了一条鱼，老人就为谁高兴。猜想他们是来这里乘凉，顺便观看钓鱼的吧！抑或是特意来这里说说心里话的。

看到这么多垂钓者，爱人急切地整理好渔具，去寻找自己的最佳位置。

我则拿起手机，看风景，拍照片，享受一下乡野的惬意。这便是我此行的目的。

虽时至盛夏，这里却凉风习习，一如晚春。

六塘河是一条东西走向的河流，水面宽阔，河两岸的垂柳枝繁叶茂。遥望河的北岸，密密的、厚厚的垂柳犹如青纱帐，也似一座绿色的长城；再看南岸，一棵棵垂柳，如同被翠色染绿的瀑布，从空中直泻下来。微风漾起那丝丝如烟的绿浪，婀娜多姿，仪态万千。当我回过头来，迎着朝阳向东望去，小桥流水与两岸的柳树，都朦胧在早晨的雾气里。

顺着河边水泥路向西缓缓前行，左边是高高的大堤，堤上是密密的树林，树林里偶尔传来鸟儿的叫声。道路左面是树，右面也是树。大树延伸的枝叶，像伞一样撑在路的上空，远看就是一条绿色长廊。骄阳照不进来，我也就不用打伞了，全身心投入拍照。

突然想起去年春天，一位朋友给我发来一组风景照，其中一张照片里，有一对相偎相依的恋人，画面很唯美。我问他拍的是哪里，他回四个字："爱情走廊"。

爱情走廊！多美好的名字！回想那照片的风景，不就是这里吗？清风徐来，流水缓缓；林荫小道，垂柳依依。这里的确是一个适宜"闲庭信步"，谈情说爱的地方。

我想：到大堤上去看看吧！边想边绕开几棵簇拥的松树，往上走去。慢慢地觉得，脚下沙沙作响，低头看脚下，地上铺满一层落叶，均匀有致，感觉这落叶就是一幅画。这树叶也真奇怪！怎么觉得都比一般的树叶要硬得多，踩下去的声音也响亮。蹲下来细细看，一个个椭圆偏长，微卷，淡黄，有一头略尖。再抬起头来看，原来这大堤上面全是女贞树，难怪树叶这么坚硬，这是女贞树的特质啊！

我一个人在女贞树丛里慢慢行走，脚下是有节奏的响声，耳畔是悦耳的鸟鸣。这清清爽爽的凉！这诗意的境地！可惜王维不在，可惜孟浩然不在，可惜我没有那份诗情才情！

终究，我还是想到了一位诗人——唐代的大家白居易，想到那个横亘在西湖上，从断桥起，过锦带桥，止于平湖秋月的白沙堤。当年，白居易任杭州刺史时有诗云：“最爱湖东行不足，绿杨阴里白沙堤。”后人为纪念白居易，称为白堤。白堤上是一株柳树一株桃，所以每到春天就桃红柳绿、芳草如茵，游人走在白堤似游画中。

这六塘河的大堤，没有桃红只有柳绿，但有不屈不挠的女贞，显示了六塘河的独特个性。而河边那高大的垂柳，正是这堤上女贞丛林的忠诚卫士。

走在这里，我突然觉得一个人有点寂寞。正要拐弯下坡，一棵开满粉色花朵的木槿花树让我眼前一亮。看着这一树花开，刚才寂寥的心情顿然消失。有花做伴，便觉得有些温暖，有些醒神。温暖的是忆起童年我家庭院前的那些品条花，它们生长在菜园子周围，形成一圈儿开花的篱笆。小时候我们都叫它品条花，每逢暑假，我会早早起来，到沾满露水的品条篱笆前，寻找刚刚出壳的、嫩嫩的蝉，当然也不放过蝉壳。那是我童年暑假生活中朦胧而美好的记忆。醒神的是想起和爱人第一次远游韩国，看到在我家用作篱笆墙的品条花，在韩国却被他们视为国花，也知道了她的学名——木槿花。

回忆花事，心海荡漾。再一次自上而下打量木槿花，没有想到，这里半坡间，满地都是白色小花。心中骤然跳出一行美妙的诗句：“陌上花开，可缓缓归矣！”此情此景，我觉得这是人世间最美的诗句！

最美的诗句是吴越王钱镠写给他的夫人的。

钱镠虽贵为王，但也是一个性情中人，对贤淑的妻子用情至深，每次妻子戴氏回娘家郎碧住得久了，便要带信给她：或是思念、或是问候，其中也有催促之意。过去临安到郎碧要翻一座岭，一边是陡峭的山峰，一边是湍急的苕溪溪流。钱镠怕夫人轿舆不安全，行走不方便，就专门拨出银子，派人前去铺石修路，路旁还加设栏杆。后来这座山岭就改名为“栏杆岭”了。

那一年，戴妃又去了郎碧娘家。钱镠在杭州料理政事，一日走出宫门，见凤凰山脚，西湖堤岸已是桃红柳绿，万紫千红，想到与夫人已是多日不见，不免又生出几分思念。回到宫中，提笔写上一封书信，虽则寥寥数语，却情真意切，细腻入微，其中有这么一句：“陌上花开，可缓缓归矣。”

戴妃读信当即落下两行珠泪。此事一经传出，竟成为千古爱情佳话。

“田间阡陌上的花开了，你可以一边赏花，一边慢慢地回来。”心里默念着这句话，不知不觉回到河边。我在寻找他的影子。当年那个怀抱书本，总是躲在树林里读书的热血青年，如今变成“老渔翁”了。岁月飞逝间，我们都渐渐老了。

他还在钓鱼。我看他时，他也远远地看我。我不去打扰，继续在绿色长廊里悠然前行。很久不见一个人影，感觉这清凉的、绿色的世界全部属于我。在这天然氧吧里，吸进肺腑的空气，是清新且清甜的。

绿色长廊顺着河床蜿蜒着，且高且低。当我拿起手机，想拍前方弯道时，镜头里走来一男一女，四十多岁的样子。男的走在前面，女的偶尔小跑两步追上去，然后再落下，再追上。我放下手机，虽不能对着人家拍照，但还是想多看他们两眼。觉得他俩的走路方式，是中国式夫妻中典型的一对。

他们与我擦肩而过时，看到男的回头拉起女的手，在旁边长椅上坐下来休息，我以为那男的就不会体贴人呢！原来是看到我，不好意思的啊！

他们在长椅上依依而谈，我不得不快步离开。

走到一个环岛，停了一下：往哪边走呢？唯恐错过一边风景。最后凭着感觉向左走。

这条路没有河边的路宽，偶有车子开过来。走了大概100米，看到右手边有一个大门，门楼上是“大河云天”四个繁体大字。

走进大门，觉得今天真的不虚此行。原来，六塘河还有这样一个“藏在深闺无人识”的人间仙境。首先，映入眼帘的是荷塘，走近荷花盛开的池塘，看到了久违的香蒲草和蒲棒。沿着蜿蜒的曲桥，走上荷塘中间的凉亭，环顾四野：绿水、蓝天、树丛、小木屋、草房子、拱桥等，所有景色尽收眼底。我恍惚间看到一座古色古香的大房子，廊柱小瓦，仿古构建，两边的厢房突出，大门凹进去，门头上有四个行楷大字“六塘印象”。在我拿起手机正要拍照时，一个声音打断了我：“这么早！”循声望去，是坐在右边廊檐下摇篮里的人在跟我打招呼。起初我没有在意他，这一看，是个三十左右，文质彬彬的小伙子。

“是的，家里人来钓鱼，我来看风景。”回答后，我才意识到我们一大早就出来了，现在还九点不到。

“这是饭店吗？你是这里的老板？”我问。

他说“是的”。

说话间，他领我到饭店大厅。

说是大厅，其实也不大。迎面是半圆形的吧台，吧台的右边是上二楼的木制楼梯；两侧是餐厅，用一层珠帘和一层薄纱隔开，透过珠帘和薄纱，看到里面有点老式的桌椅。

遇见这样的饭店，你会想到大理的酒吧，西塘的小店。似乎这里不是让你酒足饭饱的地方，而是为了给你一个美好的下午时光，让你在这里艳遇一段故事。

老板给我递了名片，“六塘印象”。

“好名字，大气雅致！”我说。

老板得意地告诉我："'六塘印象'是我自己起的。请人帮忙起了一百多个名字，我都没看中。你看，这饭店背靠六塘河，门前是莲池，放眼望去，就是一个绿水画廊，多有诗意啊！"

我道："老板也是个文化人。"他笑了。

然后我又对他说："你这里木器味儿很重，但是都是'能吃'的木器味道。"

他说饭店开业才几个月。请放心，这里所有家具都是实木的，没有任何油漆或甲醛污染。我点头称是。

临别时，老板说欢迎来小店做客。我说一定！

回来的路上，我看到刚才那一对男女，还在路旁的长椅上，相互依靠着休息。

我突然感觉自己在时空里穿越一般。从三轮车上那一对慈祥的老人，到刚刚看到的中年夫妇，再联想到相互守望的我们俩，还有那远离喧嚣的"六塘印象"。这一幅幅画面里的人，都选择了这绿色为背景，也都在诉说着爱的故事，我再一次想到朋友对我说的四个字："爱情走廊"。

回来告诉爱人，我去了一个仙境，爱人笑了。那表情是不信。

我说"还钓吗"？爱人边收拾渔具边说："怎么不问我钓到多少鱼？"

我也来一句："不问结果，享受过程。"

爱人说："好吧！我不盯着这鱼竿了，也去享受一下这里的美景！"

我跟着他再一次走上大堤。有花相伴，有人相随，不寂寞！

我俩不说话，就这样静静地走着。在我转脸看他的一瞬间，突然觉得他老了，头顶微秃，脸上多了几丝皱纹。发现我看他时，问我看什么？我先是捂嘴一笑，然后对着他喊："小老头"！他笑了，我也笑了，眼角里溢出泪水。我说："我也老了，都有白头发了！"他说："你不老，你在我心里永远不老！"第一次听到他说这么温暖的话，感动得想流泪。

看到我有些感动，他又说："孩子们都长大了，能放手的就放手，不必管得太多，要学会得体退出！我们还有我们的生活，我们健康快乐，孩子们就高兴。我们要保持健康而美好的心态，乐观生活，能拥有一颗年轻的心比什么都好！”

爱人的话让我想起苏轼的词句：“谁道人生无再少，门前流水尚能西，休将白发唱黄鸡。”这不正印证了爱人的乐观心态吗？

词人的胸襟，爱人的达观感染了我，我也不必伤感不再年轻了。

爱人是个不善言辞的人，今天的一席话让我心里亮堂而温暖。我抬起头来，从女贞丛林的缝隙里仰视天空。

我俩手牵着手，走在这长堤上，走在这女贞树丛中，信步在这“爱情走廊”里，突然什么话都不说，只听耳畔的鸟鸣，脚下落叶沙沙作响……

期待下一场雨吧！最好是大暴雨。让雨洗刷疲惫，洗刷沧桑；让我们在雨中尽情地呼喊；让我们傻傻地笑，孩子般地欢畅，回到我们青春少年时！

（原载于《江苏散文》2018 年夏之卷）

听湖

深秋，宿迁市散文学会组织一次骆马湖采风活动，我有幸与三十多位文友相识相聚。更开心的是，我们住在骆马湖边。

我们入住的酒店是中德度假村，这酒店面朝大湖，环境优美，远远看去，像一座华丽的宫殿，镶嵌在蓝天碧湖之间。

晚餐之后，大家都不愿回房间休息，三五成群相约去湖边散步。

出了酒店，便是湖。我和同室的马小妹约上沭阳的几位美女作家，一同走近夜色里的骆马湖。

深秋的湖边虽有丝丝寒意，但也不失温暖与温润。此刻，湖面已被薄雾笼罩，深邃悠远；仿佛恬静的少女披上一层面纱，朦胧而安静。

我们顺着湖边的小路，漫无目的地向前走去。湖边的路灯相对于城市街灯，有些昏黄；就是这昏黄，才显得骆马湖朦朦胧胧的美。灯光里树影婆娑，芦苇随风摇曳，发出沙沙的响声。

我们一行随性而走，侃侃而谈。都说三个女人一台戏；我们五个女人到一起，应该有聊不完的话题。然而，今晚的我们偏偏不然，家庭、孩子、老公说不到几句，不知不觉地都聊到了骆马湖。

我们站在湖边，任风儿浅浅拂过面颊，苇花漾过指端；侧耳倾听，隐隐约约有细浪微卷、徘徊低唱，这声音，极远的，又是极近的，让你捉摸不透，神秘而心生向往。

记得下午采风的时候，来自泗洪的文友小鱼儿第一次见到骆马湖，她欣喜地问我：你来过吗？我说："常常来，开心和不开心的时候都来。小时候我是听骆马湖的故事长大的。"她的眼神里流露着羡慕："早就听说骆马湖了，这次终于见到了，骆马湖好大好美啊！"

我自豪地说："骆马湖是苏北大地上一颗璀璨的明珠，她的总面积有375平方公里。你知道吗？新加坡的友人第一次见到骆马湖的时候惊呼：'哇，大海！'"

小鱼儿兴奋地张开双臂，仿佛要投进骆马湖的怀抱，又恨不能长上翅膀，在无边无际的湖面上自由飞翔。我即刻拿起相机，留下她这激情的瞬间。

是啊！深秋的骆马湖，响晴透亮，骄阳一泻千里，天空高远，湖水湛蓝而透明；偶尔有丝丝白云飘过，让你在这纯净的世界里多了一丝幻想。难怪傍晚时分，许多文友恋恋不舍地守候落日下金光闪闪的湖面，直到最后一缕霞光潜入水底。

散步归来，已是九点钟。马小妹是个习惯早睡早起的人，十点钟她要睡觉了。我只好自觉地关了灯。我这个夜猫子，哪里睡得着？更何况，我也舍不得睡着；因为今晚，我要和骆马湖同枕共眠！

窗外的风声似乎越来越大，感觉湖面波涛声声。忽然想起宿迁本土作家孙家山先生的章回体小说《潇潇骆马湖》，小说反映南宋时期，沦为金国统治的宿迁骆马湖人，为保卫家园，顽强不屈抵御外辱的英雄事迹。在那荡气回肠的百回篇章里，作者用英雄的血和泪告诉我们，这里有过激烈的家园保卫战，有战马长啸，有刀光剑影，有代表华夏民族精神的"民族魂火"，有忠义、勇敢、担当的民族气节。

原来，骆马湖是一部厚重的历史长卷。

夜深了，风渐渐小了；微风掠过湖面，耳畔是若有若无的细微水声，一如马小妹匀称舒缓的呼吸。此刻，骆马湖是一个睡美人。恍惚中，自己躺在湖的怀抱，躺在蓝水晶般的摇篮里。

曾几何时，骆马湖已经成为我心灵的港湾，每次走近她，身心接受洗礼，生命里便会跃动一种全新的感动。

当我心情惆怅的时候，就来到浩瀚的湖边，任心绪在融融春水里荡漾；让自己在秋水长天里学会风轻云淡；也曾在热情奔放的夏日里，与湖水撞个满怀。

记得那个满月的夏夜，我和叶子、少华、大兵几位好友，开车到骆马湖边纳凉。我们静静地坐在罗曼园的草坪上，听哗哗水声，听夏虫呢喃，聊一些青春往事。忽然，一条鱼跃出水面，一道白光闪过，“扑通”一声又落在水里；我和叶子吓了一跳，当知道那是一条大白鱼后，我们又开始期待再有一个声音出现。

那夜，风声、水声、蛙声、蟋蟀声、树上的鸟儿扑棱棱声、鱼儿跳水声，和着我们的谈话声，合奏成一首动听的“骆马湖夏夜畅想曲”。

不知什么时候，月亮爬到我的窗前，月光泻在地毯上、书桌上、床上。我想起了赵嘏的《江楼感旧》：“独上江楼思渺然，月光如水水如天。同来望月人何处？风景依稀似去年。”

我知道，我在怀念那个美好的夏夜。

马小妹真的睡熟了，我却思绪翩跹……

我在期待明天——晨雾朦胧里的骆马湖，渐渐朝霞辉映，一只只渔船相继出现在湖面上，向着大湖深处划去；我仿佛听见渔民吱吱呀呀的摇橹声，听到渔家儿女欢快的笑声……在这满满的期待中，不知道什么时候，我进入了香甜的梦乡。

（原载于2018年6月7日《扬子晚报》有删节）

梦回戴场岛

立夏时节，应友人相邀，我们开始了一次愉快的骆马湖戴场岛之旅。

家乡的骆马湖，我已经不陌生了。时常陪家人或同伴到骆马湖来消夏、看冰雕、吃湖鲜。但是，戴场岛我没有去过。有一次，我站在湖畔，望着烟波浩渺的骆马湖，指着远处若隐若现的、模糊不清的地方问爱人："那是不是戴场岛？"爱人笑我："你以为戴场岛就这么近吗？能看到的一定不是岛屿，你看到那水天相接的地方，其实还是湖！"

爱人去过戴场岛，经他这么自信又骄傲地一说，我对戴场岛的期待就更加强烈了。

这次有幸和朋友一起坐游船去戴场岛，心中有藏不住的激动。

导游介绍说，戴场岛坐落于市湖滨新区的骆马湖水域，那里四面环水，是宿迁市的边陲，东与新沂市接壤，北邻邳州市。骆马湖中除戴场岛外，还罗列分布着马口岛、许场岛、徐圩岛、朱圩岛、三场岛、袁场岛等诸多不能住人的小岛屿。

戴场岛是骆马湖中最大的岛屿，总面积约 90 亩，岛上住着 176 户村民，600 多口人。

我们上了游船，临窗而坐。那一刻，充满神话色彩的骆马湖就在我的脚下，一种神秘感涌上心头。我期待的心情同船边溅起的浪花一起飞扬，思绪比游船跑得还快！当游船进入宽阔的水域，我已经不辨东西南北了，眺望隐约可见、渐行渐远的岸边绿树，我开始疑惑，远方模模糊糊的影子，那里可能就是我向往的岛屿了。

和朋友说话间，我们已经进入了一个无边无际的水的世界了。

湖水清澈，让你忍不住想掬一捧，喝上一大口。水草一根一根清晰可见，随波荡漾，激起你伸手触摸的愿望。

我按捺不住兴奋，干脆拉起同行好友马老师，走出船舱，来到游船顶上去看个痛快。

我们来到游船顶部，上面已经有好多人在拍照了。这里阳光正好，适合拍照。湖面风很大，与海风相似。极目远眺，浩渺的骆马湖，云雾蒙蒙，仙境一般。我把相机对着我的好友——美得像诗一般的马老师，对着她那被风吹起的长发，飘逸的长裙，对着没有边际的湖面，让这极美的瞬间定格为永恒。

游船行驶了半个多小时，连戴场岛的影子也看不见。我们拍照归来，一位友人告诉我：“现在的路程才走一半，看到这深不见底的湖水，你也许想不到吧！这里曾经是庄稼地。在五十年代，其他地方的有些土地贫瘠得种一葫芦收一瓢，这里却长满庄稼，年年丰收。”

友人的话点开了我童年的记忆，我想起祖母不知道叨念多少回的故事。她说解放初期，有几个夏天，她带着我的父亲和叔叔来到骆马湖，帮助湖边村民抢收麦子。那时候父亲还没有出去工作，他的任务是带着扁担绳子专管挑麦子。但是，收麦子也是一件惊险的事，因为这湖底每年六月就像钱塘潮一样，汛期说来就来。记得有一年，祖母正在低头抢收麦子，突然感觉脚下泥土往外生水，她老人家抬起头来，看到远处好几米高的洪水如猛兽般呼啸而来，吓得祖母拉起小叔就跑，后面的洪水汹涌逼近，祖母带着小叔连滚带爬跑过一个大沟，洪水涌进沟里，缓解了速度，祖母和小叔才得以逃生。

父亲曾说过，每年来骆马湖，都到湖底的扳不倒井喝水。他听附近村民说，这井是当年乾隆皇帝路过这里，为了饮马而挖出来的竹篮大的水塘。后来，只看到一个泉眼，常年源源不断地往外冒水。那水清甜可口，湖边的村民都到这里来挑水喝。无论多少人来挑水，这塘里的水始终是满的，多了不往外溢，少了继续生水。

我听说过的那个井叫扳倒井，而父亲硬是说叫扳不倒井。无论是叫什么井，我想，重要的是那汩汩流淌的甘泉滋养了饥渴的村民，哺育了生生不息的湖边父老乡亲。

朋友介绍说：骆马湖水域宽阔，375平方公里。听说湖里有水怪，人们不敢惹它的。我猜想那是大蟒蛇，或是已经成了精的大鱼。总之，我相信友人说的“水怪”，像骆马湖这样的大湖，若是没有“水怪”，那才叫“怪”呢！倒不是因为刘禹锡说的“山不在高，有仙则名。水不在深，有龙则灵”。我反倒认为，只有这样的无边无际的大湖，才能孕育出有灵气甚至是仙气的生命。

所以，姑且不论骆马湖的种种传说，就眼前的碧波万顷骆马湖，我已经觉得它本身就是奇迹了。

在骆马湖上行驶了一个多小时，我们远远看到了芦苇，看到了矗立在水中的柳树，渐渐地我们进入了碧绿的芦苇荡，不一会儿，戴场岛就在眼前了。

走下甲板，踏着石阶上岸，脚下这块土地就是我梦中的戴场岛！映入眼帘的是浓密成荫的柳树，青砖铺成的蜿蜒小路，白墙红瓦的老式房子，这里保持着原始的岛上风貌。导游说：“不是他们没有钱盖楼房，岛上的人都很富裕，他们靠湖吃湖，家家水产养殖都搞得如火如荼，这里的年轻人都到城里买商品房子去了。”

我们呼吸着新鲜空气，听着导游的娓娓道来，对岛上风情有了大概了解。在“戴场村党群服务中心”，导游叫我们稍作休息。这个“戴场村党群服务中心”只有三间平房，门前场地很干净，不远处设置了健身器材，政务公开亭。遗憾的是，我只在政务公开栏里看到这里的村委会干部的名字，没有见到其人。我只好向导游打听我最关心的问题，就是有关学校，有关孩子读书的事情。导游说：“这里以前有学校，后来因为年轻人都到湖外城里买房子了，孩子们也就到城里读书了。至于小商店，小诊所这里也都有，如果老人遇到大病，快艇半小时就可以抵达湖滨新区的医院了。岛上居民的社会保障，基本上可以说是‘麻雀虽小，五脏俱全’了。”

我们在菜畦边流连，在树丛中穿越，在莲池旁深呼吸，在桃林里拍照，对着青涩泛红的桃子垂涎欲滴。这里的桃林没有经过任何修整，都是原生态生长，桃树下面是遍地的杂草和野花。岛上除了这样原始的桃林，几乎随处可见桃树。假如你早春来这里，一定以为这里是“桃花岛”。这里很静，没有人大声说话。偶尔遇到外地来的游客，听到他们操着不同口音的啧啧赞叹，声音是那样的轻柔自然，恰与这情、这景、这里的静谧融为一体。如果我们遇到在湖边晒网或在菜园摘菜的老人，我们就相视一笑。总之，谁都舍不得打破这“世外桃源”里的宁静。

但是，令我开心的是，我与一个小女孩进行了交流。这是我在岛上同渔家人唯一的一次谈话。小女孩十一二岁，身穿红底白色波点小褂，墨绿色长裤。扎着马尾辫，大大的眼睛，红扑扑的脸蛋，说起话来带着甜甜的笑容。我问她在哪里读书，家就住这里吗？她很有礼貌地告诉我：“我在宿迁市实验小学读六年级，家在城里，这里是老家。”她指着旁边玩耍的小男孩说：“我弟弟在井头幼儿园上学，每天都是爸爸接送，我们一个星期回到岛上一次，来看爷爷奶奶。”

多么可爱朴实的小女孩，我欢喜地与她姐弟俩合影。同她告别时，她又很有礼貌地说：“阿姨再见！”

我忍不住再回头看那小女孩，觉得她那耀眼的红色小衬衫是岛上最闪亮的色彩。

或许是岛上满眼绿色吧！我对红色突然敏感起来。与小女孩道别后，我再一次撞见了红色。这一次是看到一家渔民大门前的两个大红双喜字。

不觉心中遗憾起来，怎么没有赶上这家喜宴呢？岛上人家娶媳妇是怎样的风俗？新媳妇是哪里的人呢？我有太多想知道的答案！

同伴的说话声打断了我的思绪，原来我们到餐馆了。

这是岛上唯一的一家渔家餐馆，地方不是很大，但很干净，也许是土灶锅，也许是因为鱼虾都是湖里现抓的，满桌子佳肴鲜嫩可口，令你无法忘怀。就在这品味着湖鲜美味的间隙，我还在想着那家门前的大红喜字。

不知道是红喜字答案没有解决，还是那小女孩的笑容令我留恋，心里有留下来的冲动。但是，必须要赶上回去的游船，我只好对着岛上做一次深吸气，然后深情地和戴场岛挥挥手！

当天夜里，我梦见再回戴场岛，岛上莲池荷叶田田，荷花盛开。桃树枝头缀满又大又红的桃子，熟透了的桃子香气四溢，十分诱人。

我赶上了一家喜宴，看到了来自南京信息工程大学大气科学专业的才女——这家新媳妇。听说他们把婚礼安排在岛上，引来好多同学的羡慕。还听说一对新人打算在岛上常住，要让这里天更蓝、水更清、景更美，让全国乃至全世界都知道，他们的家乡有一个美丽的骆马湖，湖上有一个桃源仙境——戴场岛。

他们请我喝了喜酒，我也给新人呈上了红包。与喜公公喜婆婆告别后，我略带几分醉意，寻着桃子的香气，向桃林深处走去。

（原载于2017年6月9日《宿迁日报》）

梨园花事

早春梨园湾

清晨推开窗，嫩嫩的绿已经悄无声息地爬上柳梢，黄绿相间的草地上，几只鸟儿叽叽喳喳，蹦来跳去。春的气息扑面而来，心里冒出一个念头，去一趟梨园湾。

梨园湾是宿豫区城东 3 公里左右的一个风景区，四季变换的风景令人心驰神往。春天桃花、梨花、海棠花，各种花儿次第开放，花烂漫，人如织；夏天，枝叶繁茂，梨香满园，游人在静谧清幽的林间散步、看书、纳凉，心静如水，意无所求；秋天，苹果、葡萄、山楂，大大小小的果实挂满枝头，走在梨园，醉在梨园；冬天，雪花纷飞压枝头，又是“千树万树梨花开”。

梨园湾景区很大，因为不是旅游旺季，我们可以把轿车开进景区，车子在果林里蜿蜒，不一会就淹没在果林深处。

早春的泥土似乎刚刚睡醒，安静而美好，嫩嫩的野菜、亮晶晶的小花，零星散落在朦胧惺忪的土地上。我顺着果园中间的一条水泥路前行，满眼的果树，分不清楚哪是梨树，哪是桃树，有的枝头露出嫩芽，调皮地张望着春天；有的盘龙虬枝，看上去像一位胡须发白的长者。

远远地看到一对果农夫妇，他们在挖树苗，便上前打听。果农师傅举着撸起袖子的胳膊，用粗壮的、沾满泥土的大手指着路旁的小树说："这条路两旁是海棠；右边的一片是桃树；看左前方，那里是今年新栽的梨树。果园很大，品种也很多，你要自己向里面走，慢慢欣赏。"

我问："你们挖树苗干什么？"他们说："这是我们这里的最后一批银杏树苗了，要抓紧挖到集市上去卖，过了季节，栽树就不易成活了。然后腾出空地栽梨树。"

我说："师傅，梨园湾这么美，你住在这里真好！"他高兴地说："你再往里面走，看到有一些白墙红瓦的房子，那里就是我的家。"

接着，他告诉我："我们这里以前不叫梨园湾，1948 年土地改革，群众分过土地后，剩余 150 亩国有土地，分布在梨园、围湖、张圩等地；第二年宿迁县政府在张圩设立'生产处'；1950 年，撤销'生产处'更名为苗圃，为全县供应苗木；1959 年，苗圃村划归'林苗圃'，我们也吃上了国家供应的商品粮，这里由国家拨款，所有的苗木全省可以调配的。"

果农师傅近七十岁的样子，声音洪亮，黑黝黝的脸上刻满岁月的沧桑和对土地的深情。他的老伴上下打量我一下说："你是城里人吧？俺这里曾经可是吃商品粮，拿工资的，全县有名气的林苗圃！只不过后来赶上宿迁县工人下放，林苗圃所有人由城市户口变为农村户口。"

我说："我也是农村人，城里农村现在都一样了。"

果农师傅脸上洋溢着自豪，开心地说："是的，我们家三个孩子都在城里上班，两个儿子都有自己的轿车，老大为了孩子上学，也在城里买了商品房，小儿子和女儿都说俺这里比城里更美，不愿到城里住。"

我点头称赞说："我们都向往你这里哩！"

道别果农，向着果林深处走去。路过一片刚刚冒出叶芽的桃林，想象一场粉红的花事；突然，梨园深处，几颗开满白花的枝条向我伸来，生动而耀眼。快步过去，看那叶子只露小小的嫩芽，花儿却尽情地盛放，白色花瓣底部稍带点红晕，花蕊点点淡黄。一转身，周围有几棵这样开满白花的树，心中一阵惊喜，不由感慨，梨园春早！

兀自喜悦，忘情赏花，不觉脚下软绵绵，定睛一看，花下是绿地毯一般的麦苗，原来这片果园是套作，小麦和果树两不误。我赶快退出麦苗地，嘴里念着：桃树刚刚吐新绿，几枝梨花初绽放。

早春的梨园湾，空气清新，泥土芬芳；鲜嫩的野菜，星星点点小花；麦苗绿，人儿忙。一种满足感涌上心头，我来得正好，遇上花农，看到了梨花，庆幸自己是今春这梨园第一赏花人。

遇上花期

清明时节，梨花节即将开幕。陪伴外地归来的几位同学，我再次来到梨园湾。我们驾着车子，出了外环，路上车子已经开始拥挤了。远远地已经有交警在指挥，往来车辆在慢慢向前爬行。

我们把车子远停，随着涌动的人群，走进景区北大门。这里人头攒动，组成一条河流，缓缓向前流淌。河流两岸，是玫红色海棠花，这些海棠，像端庄礼节的列队礼仪，羞答答地看着我们。远看，桃林如彩色云霞，染红了半边天。再往前行，无边的梨花，似漫天雪花飞舞，如云、如雾、如烟。

来到梨花仙子广场，这里云集了操着不同口音的游客，观光车上坐着小憩的人们；走上景区的观景台，蓝天白云下，白的、粉的、红的，五彩斑斓，灿烂夺目，令你不辨东西南北。那种如火如荼的盛况，让你震撼，让你情不自禁，如痴如醉。

在一片梨园前，我们驻足观赏拍照。走进林子，一颗一颗数着，这百年老树，枝干粗壮、苍劲；枝枝丫丫缀满白色簇拥的花朵，如棉似雪、鲜亮可人。一阵风吹来，一场梨花雨纷飞飘洒，落在绿色麦苗上、金黄菜花上，落在人们的头发上、身上。一位身着一袭白裙的姑娘，不由自主飞舞起来，纷飞的花瓣打在她的脸上、发髻、脖颈；她仰起头，闭上眼睛，忘情地做了一个深呼吸，那样子，仿佛这世界、这里的芬芳，属于她一个人。

梨园深深，春意深深。我们一边赏花一边拍照，眼前突然出现了几处白墙红瓦的农家小院，这些小院被高大的银杏树和柳树掩映其中，院落里栽满樱桃、葡萄、月季、玫瑰等花木果树。

这里其中一家，是不是就是上次遇见的果农师傅的家呢？我在心里思忖。一棵桃树下拴着一条小花狗，“汪汪”叫两声，不再叫唤，只对我们摇尾巴。走过去，家家都没有人，大门敞开。院子里的葡萄架下放着洁净的桌凳，木纹桌子上摆放着水壶水杯。也许主人刚出去，也许他们从不锁门，特意给你留下喝水歇脚的空间，这偌大的梨园对你敞开，这小院同样为你敞开。

“柳濛烟梨雪参差，犬吠柴荆，燕语茅茨。”卢挚在《蟾宫曲·寒食新野道中》描写的景色，与这里极尽相似。

在梨园的尽头，有一排比较小一些的果树，枝干光滑，叶子稍长，上面已经有些小果实了。疑惑间，看到林子深处走来一位手拿小锄头的果农，这不就是那位挖果苗的果农吗？有点惊喜，如遇故友，再次攀谈起来。我问他：“这是什么树？上次来见它开白花的。”果农告诉我，那是杏花，我们梨树园周围都会种一些海棠和杏树，杏树开花早于桃树和梨树。

原来是这样！随即自嘲道：曾经不识桃和李，误把杏花当梨花。

“落梅香断无消息，一树春风属杏花。”“满树和娇烂漫红，万枝丹彩灼春融。”“见梨花初带夜月，海棠半含朝雨。”“梨花风起正清明，游子寻春半出城。”

莫非，这些诗人描绘的景色，都缘于梨园湾？

这梨园湾，次第花开，无论你早来晚来，总能遇上花期！她是变幻莫测而又任性的花仙子，时刻为你带来一场花事，一个清韵且美妙的仙境。

金秋走湿地

我与湿地相识在金秋！

2012年国庆假期，我家刚买了新车不久，爱人决定自驾游去洪泽湖湿地。开启导航后，我们一路飞速直奔泗洪。到了泗洪城区，方知从泗洪城里到湿地尚有28公里。当时，去湿地路线正值修路，虽是尘土飞扬，一路颠簸，却挡不住飞往湿地的心。一路上，与汽车亲密接触的，除了灰尘就是石子。石子与车轮碰撞，还真有点“一路飞扬一路歌”的感觉！

走进湿地公园大门，一眼望不到边的是水的世界，绿的世界，纯天然的世界！映入眼帘的是大自然亲自孕育的生命，吸进肺腑的是清新与清香柔和在一起的气息。霎时间，心事放下，烦恼顿消，来路之苦荡然无存。这里的天是空灵的，水是空灵的，绿是空灵的，感觉自己也变得空灵起来。

顺着蜿蜒的红木曲桥，迂回来到莲池中间。这里很静！很静！我和爱人真有些不敢讲话，我们舍不得打破这份宁静。感觉里，我们已经融入了荷塘，自己就是一片荷叶了。蹲下来，想仔仔细细地看看荷叶，想偷听荷叶低语的秘密。这时，一阵微风拂过，一个个晶莹剔透的水珠在碧绿的荷叶上荡来漾去，我的心也随之荡漾起来。

极目远眺，荷塘尽头，是翠绿色的芦苇荡。眺望中，仿佛回到了童年，回到了长满芦苇开满苇花的家乡。依稀记得不更事的童年和少年时光，背着书包走过芦苇荡时候的欢快、恐惧、喜悦与收获。还记得小学课本中《小英雄雨来》的故事。那是在抗日战争时期，晋察冀边区的北边有一条河，12 岁的雨来就住在河边上的芦花村。雨来凭借着对水乡环境的熟悉，凭着一身好水性，借助芦苇荡的有利条件，与日本鬼子展开智谋斗争，营救了李大叔，自己成功逃脱敌人的枪口。在人们到处寻找雨来的时候，小雨来却扒开芦苇，露出水哗哗的小脑袋。

雨来是我童年记忆最深刻的一位小英雄！芦苇荡也成了我心中英雄战地的标志。

哦！突然觉得，这里是仙境，我们是神仙，我们可以把自己变回童年……

我们飘过荷塘，飘过芦苇荡，不知不觉中，我们顺着长长的苇堤来到观光车站。才发现这里有许多操着不同口音的游客，看他们在买票上车，我们也买了车票，赶快上了一辆观光车。

坐在行驶的观光车里，迎面扑来凉爽的风，感觉自己被各种清香包围起来，几多惬意涌上心头。秋风里，暖阳下，道路两旁，耀眼的红花绿叶对我们微笑招手，闪闪发光的苇花，齐刷刷地往一个方向转过去，让我们大有首长阅兵之感！

车子开过一个个景点，我们也不断地换车。

不看不知道！我们先前惊叹的“荷塘真大，苇荡真长”，原来只是湿地一角！放眼望去，微风拂过水面，一道道金光跃动起来，感觉自己再一次置身仙境。那望不尽的芦苇荡，绿荫葱茏，不时能看到一行行白鹭，欢快地飞往天高云淡处。

我流连在水族馆，惊叹于这灵动的水世界！惊叹于生命的奇迹！手里的相机几乎没有停下。爱人他兴奋于沙泉浴场，游戏在清澈见底的水域，赤脚奔跑在洁白的沙滩上，如孩童一般，那种不舍叫你忍俊不禁。

眼看着天色已晚，剩下景点已来不及游览。看到我们惋惜的样子，观光车司机说：“你们若是荷花盛开的季节来湿地就更有意思了，这儿的荷花有一千多种。一眼望去，各种颜色的，盛开的，含苞待放的，那才叫美啊！你们可以坐上小船，穿梭在红荷绿叶之间，还有九曲十八弯的芦苇迷宫，还有……”

说者津津乐道，听者心生向往。然而，尽管那千朵万朵荷花缥缈在心头，可是，此情此景，此时此刻，我倾心于这一尘不染的绿色世界，钟情于这世外桃源般的仙境，已经深深地恋上湿地金秋了！

我一点也没觉得来得不是时候。虽说金秋十月，但这里初夏的气息还在，盛夏尚未退去。这里清新依然，这份绿意还在，这里灵气不变！还有那经过一个春天和一个夏天酝酿出来的清香，如美酒般醇厚醉人，沁人心脾。这里，远离尘世的喧嚣，净化了尘染的灵魂，冷却了一颗颗浮躁的心！

在我的眼里，在我的心中，一份热爱不变！我爱金秋湿地！我爱湿地金秋！

（原载于 2017 年 11 月 3 日《宿迁日报》）

秋到杉荷园

一

国庆假期，我对儿子说："我带你去看一看秋天的杉荷园吧！"儿子说："荷花已经谢了，还有啥看头？"我说："我们就是要去看看不一样的荷塘秋色。"

孩子爸从来都是"随便"，一家三口"杉荷园之行"说走就走。

车子刚开进通向杉荷园的幸福大道，儿子已经开始"啧啧"赞叹了：这条新修的道路两旁，绿树与花儿交相辉映；塑胶自行车道与柏油马路相得益彰；远远看去，蓝天白云与繁花簇拥的村舍融为一体。好一幅乡村中秋图。

说话间，车子已经开进杉荷园。儿子说："哇！好大的荷塘！虽然没了荷花，但那小树林一样的荷杆，却表现出一种集体向上的精神！"触景生情，儿子朗诵起周敦颐的《爱莲说》："予独爱莲之出淤泥而不染，濯清涟而不妖，中通外直，不蔓不枝，香远益清，亭亭净植，可远观而不可亵玩焉。”

我说：“ 莲有坚贞不渝，出淤泥而不染的高尚品质，可敬而不可侮慢的嵚崎磊落的风范；同时，在莲高贵的风骨里，也有化作春泥，低到尘埃里的气度。”

我们沉默着走向远方，是在领悟，也是在欣赏。

不知不觉，我们来到杉树林。在连接杉树林与荷园的景观小桥上，遇到一位管理杉荷园的老乡，老乡告诉我们：“杉荷园太大，近万亩。你们看，这杉树林周围的水道，在荷花盛开的季节，游客可以坐上小船，在杉与荷间穿行！”经他这么一说，我想起扬州兴化的“李中水上森林公园”。他们因地制宜，开发湿地旅游项目。我们这杉荷园，不仅有水上森林公园，还与美丽的荷塘连成一体，难怪每年六七月份，全国各地的游客都慕名而来，赏荷、吸氧。

我问老乡，听说这里的莲藕没有污染，原生态的，特别甜、脆、嫩。老乡指着远处：“你们可以把车子开到最北边，那里正在挖藕。”

顺着老乡指的方向，我们来到藕农正在起藕的地方。

只见藕塘边堆起小山似的藕垛，旁边路上的车里，装满白里透着淡黄的莲藕。早就听说杉荷园的藕好吃，这放心藕真的在眼前了，不免有些激动。

据说，这藕与市场上那些黑心的商家处理过的“白莲藕”完全不一样。市场上一些莲藕通体洁白，显得非常干净；那是卖藕的商贩，为了让藕的颜色卖相好看，将藕放在甲醛里浸泡，或用化学药剂柠檬酸漂洗，“丑小鸭”就变成了“白天鹅”。

当我们走近藕塘时，一位藕农主动问我们：“要买藕吗？”

“是的”，我说。

“你们过来挑吧！”

我说：“不挑了，你给我们装一些吧！”

藕农看了看我。我读懂了他因被信任而欣慰的眼神。

他拿了一只鱼鳞口袋，给我们装了五、六条大的。称过后，又从藕垛上拿了几条小的。说：“再送你们几条。”

面对厚道朴实的藕农，我们不知道说什么好；我们打心眼里敬佩这些莲藕一样品质的藕农。

杉荷园的藕果然好吃。蜂蜜桂花藕、糖醋藕、鸡蛋和面油炸藕饼，还有那藕孔灌米煮出来菱角味的桂花糯米藕，一顿全藕宴，成了我们全家的美食话题。

二

暮秋时节，空气里弥漫着成熟的气息，我和爱人再次前往杉荷园。

车子开到上次买藕的荷塘，四处静悄悄的不见人影。干枯的荷叶比上次来时少了许多，只有光秃秃的茎蔓孤凄地林立着。这些茎蔓，只要下面的藕不被采起，就会这样一直守候水面，直到秋去冬来，待到春暖花开。

爱人走在池塘的田埂上，像在寻找什么，又像在思索什么。我面对寂静的荷塘，四处看了又看，寻不见藕农，看不到藕垛，有些失望。

一阵阵沙沙的响声从不远处传来，我回转身来，看到不远处路边的树丛中，有位老人蜷曲着身子，在不停地劳作。走近一看，原来是一位老奶奶在树丛的间隙里摘豆子。我走近她，蹲下身子。奶奶对我笑笑。她没有整齐的牙齿，背驼得很深，但那笑容就像秋天里绽放的一朵菊花，让我感觉到温暖与亲切。我问：“奶奶，你摘的这是豇豆吗？”奶奶说：“这是红豆。”我也帮老奶奶摘起豆来。边摘边聊。我拣一个大的豆角剥开看看，里面的豆粒是绿色的，老奶奶解释道：“这个还没有干透，干透的自然就会红。”原来是这样，虽然我也生长在农村，却不知晓红豆的成长过程。此情此景，让我想起了欧阳炯的《南乡子·路入南中》：“路入南中，桄榔叶暗蓼花红。两岸人家微雨后，收红豆，树底纤纤抬素手。”

看着尚未晒干的红豆，想到煮粥易熟，便对老奶奶说：“奶奶，您这红豆可以卖点给我吗？”老奶奶有些犹豫地说：“这样卖给你，你要吃亏了，豆粒没晒干。”我说：“没关系的，煮起来熟得快。”她又说：“没有秤怎么称给你？”我忙说：“奶奶，你随便估摸着给吧。”

奶奶抬起头，对着远处喊了声：“老头子，有人要买红豆，你过来。”老奶奶的声音响亮而温和。老爷爷应声从远处树丛中露出身子，步履轻盈地走了过来。

老爷爷听说我要买他的红豆，笑笑说：“你找个方便袋来，我给你装。”我到车里找了个塑料食品袋，老爷爷帮我装了满满的一袋红豆角，然后说：“你给五块钱吧。”他边收我的钱边说谢谢。望着老人那刻满皱纹的笑容，感觉那是深秋的暖阳，灿烂而温暖。

买了豆，我还想着藕，就问老爷爷，卖藕的怎么没来。

老爷爷说：“他们上午种麦子去了，下午才采藕。现在他们的藕都批发给华东农贸市场了，傍晚时候，市场人会用大卡车来运藕。”

看我惋惜的样子，老爷爷说：“你们不用专门到这里来买藕，现在市场卖的藕大都是杉荷园的，杉荷园的藕一看就能认出来；刚出水的是白里透着点黄，过一天，水锈出来，外皮就是淡淡的铁锈色了。市场上卖的洁白的藕，都是用药水浸泡的，那不能吃啊！”

说着，他的目光移向远方：“看看，他们在种麦子。今年的莲藕价格低，怕是没什么钱赚了；这不怕，俺们还有水稻，有麦子。俺们农民只要有土地，就不怕没有收成。现在政府大力扶持和帮助农民增收，俺就更稀罕土地了，土地就是俺们的命根子。”

顺着老人目光，远远看去，在那片广袤的天地里，机器和老农，一起在播种着来年的希望。

（原载于 2017 年 12 月 16 日《骆马湖文学》）

寻梦周庄

虽是初冬，微风拂过面颊，没有一丝寒冷。垂柳依旧很绿，把河道也染成了绿色。白墙黛瓦的房子，错落有致，一半倒影在水里，一半挂在天边。水墨江南，水的神韵就在于它的和谐。唯有廊檐下的灯笼，在晚风里浅吟轻唱，她是周庄跳动的音符。

导游沙哑的声音有些耳熟，普通话略带吴侬软语。突然想起十年前的那个傍晚，也是他带的团队，他依旧黑且瘦，鬓角有些斑白，但精神十足，依旧滔滔不绝。我上前跟他说："上海世博会那年，也是你带我们游周庄的。"他笑笑说："那时候人多啊，挤得不得了。十年，周庄没有变化，也不允许变化。周庄会永远保留她的古色神韵，等你来解读。"

通过检票，我们向双桥走去，游客虽然很多，绝不拥挤。一个小巷口，坐着两位七十多岁的老奶奶，笑容满面，悠闲地聊天，说的话我一句也听不懂。河道里不见船只，安静的河水不紧不慢地向前流淌。

记得 2010 年国庆假期，我和我的弟媳妇带着小侄女从人山人海的上海世博会，一路奔向周庄。

导游是苏州本地人，四十多岁，瘦高的个子，黑黑的皮肤与他沙哑的声音似乎比较搭。普通话虽然不太纯正，但知识面较广。

“周庄是江南第一小镇，双桥是周庄的一个亮点……”在他的解说下，我巴不得一步跨到双桥。

水巷两岸是拥挤的人流，我搀着侄女从全功桥向前挤去。导游伸长脖子，从我们的队伍中用力地钻向售票处；再钻回来带我们检票。过了检票口，我们慢慢地向前挪动。接近双桥时，队伍基本挪不动了。

我把目光投向水道，头戴蓝色花布头巾的船娘，摇橹的动作甚是好看；身材姣好，皮肤细嫩。船上的游客悠闲自得，甚至还有几分优越。这画面足以让我消去了几分疲惫与烦躁，也心生几分羡慕。

“看，前面就是双桥。”导游说。

我赶紧回过头来，向前望去。但我看到的不是双桥，还是黑压压的人流。就在我踮起脚尖向前看时，突然，看到一个熟悉的面孔，她在隔着几个人的那边，是我们学校的一位同事。那一刻，她也看到了我，我把手从人头上方伸过去，拉住她的手喊着：“董静，你也来啦，就你一个人吗？”拉着她的手，我鼻子有点酸，是激动，是兴奋。她对着我笑，高兴地说：“还有王莉，她在后面，我们刚从双桥下来。”

我隔着人群寻找一番，终于找到一张灿烂的笑脸。“王莉！”我喊着她的名字，挥挥手，她也喜出望外地对我使劲地招手。我转脸对弟媳妇说：“我看到我的两位同事了。”弟媳妇说：“真巧，缘分。”我再转脸的那一刻，再也寻不见她们了。

双桥就在我们面前。然而，我看到的不是真正的双桥，是两座一横一竖高出人群的“人桥”。

沈万三的故居里，照旧是川流不息的人群，我赶紧挤了出来。街道上，琳琅的店铺中，印象深刻的是万三猪蹄；摆在柜台上的猪蹄，皮红肉嫩，香味扑鼻；饱了眼福，惹了味蕾。导游指给我们，买猪蹄就到那家正宗的老字号。我们的团队果真一哄去了那家猪蹄店。

周庄，已经淹没在人海里，与我期待的相去甚远。

“双桥到了。”文友打断了我的思绪。我远远地看到了双桥，心里为之一动，这才是我日思夜想的双桥啊！

双桥，由一座石拱桥（世德桥）和一座石梁桥（永安桥）组成，两桥相连。桥面一横一竖，桥洞一方一圆，很像古时候人们用的钥匙。又称“钥匙桥”。双桥修建于明代，虽是饱经沧桑，但依然很坚固，她和周庄一样古典而婉约，她是周庄的灵魂。当年旅美画家陈逸飞寻梦故乡，在周庄，他将江南的小桥、流水、粉墙、青砖、黛瓦，缠缠绵绵的乡愁，点点滴滴融入他的油画《故乡的回忆》里。1984 年，油画被美国西方石油公司董事长阿曼德·哈默高价购藏，后来送给了邓小平。从此桨声灯影、枕河人家的古镇复苏了。周庄古镇声名鹊起，走向世界。

如果把周庄比作一个温婉水灵的女子，那双桥就是她眉心的一颗朱砂痣。她点缀着周庄，让人记住周庄。

记得 90 年代的一部电视剧《双桥故事》，剧中我喜欢的画面：男女主人公常常在双桥相遇，面面相觑，欲言又止；窄窄的水巷，粉墙黛瓦；缠绵翩飞的柳丝，悠悠的水中倒影，简直是一幅妙不可言的水墨画。

此时此刻，我在双桥，也成了画中人。

天色暗了下来，游客逐渐散去。周庄在五彩斑斓的灯光里渐渐安静下来。一时间，古色古香的建筑，水墙、砖雕门楼、飞檐翘角、精致的窗棂、大红灯笼，一下子都落进了水里，微微的水波又把这古镇柔软起来了。

夜色温柔了周庄。宁静，安详。

周庄，因水而灵动，因双桥而精彩，因故事而生动。双桥，因有人而鲜活。但是，来周庄的人，不应是走马观花的奔跑，而应是放慢脚步的栖息。

离开周庄时，圆月高挂天空，水上升起朦胧的雾气。我看到几位摄影师拿着相机，蹲在河埠头的石板上，调好焦距。他们在等待下一个双桥的故事，许是牵手走过双桥的恋人，许是投宿客栈的归人，许是背着行囊的过客。

诗意的周庄，我多想留下，和你一起入梦；或者是宁静的夜晚，在青石板路上慢慢行走，双手闲放在口袋里，走过双桥，吟诵一首童话里婉约的词；或者在雨天，撑一把油纸伞，走过小巷，与丁香一样的姑娘擦肩而过，留下一串如诗的遐想。

（原载于 2020 年 6 月《东渡》第 2 期）

站在福道看福州

知道福州有个福道，是缘于一位生活在福州的老乡。

原以为，八月初的福州，一定是酷热无比；到了福州，才知道亚热带海洋性季风气候的福州，尽管阳光直射，光照强烈，但绝不闷热；福州山多、树多、雨水多，海风跃过山川丘陵，吹来依然是凉爽的；大榕树遮天蔽日，所有道路几乎不见阳光，空气干净、舒适宜人。

这次到福州，主要是到部队看望侄子。抵达福州的第二天晚上，一位老乡夫妇请我们吃饭。席间，老乡的夫人，一位乌黑短发，皮肤白皙，性情恬淡又知性的中年女子，和我聊得投机。我们谈到福州景点，她说："离我们最近的景区是福道，你去了吗？"我说："没有，除了在侄子部队大院体验一下部队生活，然后去了'三坊七巷'和'冰心故居'，还没有听说福道呢！"老乡夫人用极其惋惜的口气说："来福州，不去福道，是一大遗憾；你们明天不是要回去吗？这样吧，一会吃完饭，我带你去一趟。"

我脑子里没有福道的概念，不知道天黑了去福道，还能看到什么，我有些犹豫。她似乎看出我的心思，便顾不上吃饭，开始热情地给我介绍起福道来。

她说：“福道就是福州城市森林步道，是福建省内最长的一条步道，同时也开创了中国钢架悬空栈道的先河。去年刚建成，今年“五一”假期，国内外大量游客涌至这里，他们是专门到福州来走福道呢！”接着她又说：“附近人晨练和晚上散步都喜欢走福道，在那悬空的福道上，既能在天然氧吧里徒步锻炼身体，又能把最美的山水景观尽收眼底。”

她滔滔不绝地介绍，我听得似懂非懂。不过，对于我这个喜欢走路锻炼的人来说，开始有些心动了。她干脆拉起我，离开餐桌，悄声地对我说：“让他们慢慢喝酒，我现在就带你去。”

我们撇下几个酒兴正浓的男人，走出了龙峰宾馆。她一边走一边给我介绍：“福道，采用的是全国首创钢架镂空设计，主轴线长 6.3 公里，环线总长约 19 公里，福道东北接左海公园，西南连闽江廊线，中间沿着金牛山山脊线，贯穿左海公园、梅峰山地公园、金牛山体育公园、国光公园、金牛公园；我们马上就要进入的入口就是梅峰山地公园入口。”她说。

我跟着她，顺着龙峰宾馆前门的道路，按照指示引导牌，拐进一条上坡的巷子，走了大概 5 分钟，开始右拐，进入另一条上坡道路。我们前后都有人在向上行走，迎面也有三三两两的人从坡道下来。她告诉我，这些人是锻炼回来了，他们去得早。路上有些灯光，但不是很亮，我开始有些疑惑我们已经走上福道了。

这时，她指着前方的高大建筑物说：“看！那里就是福道的入口。”

果然，前面不远处有一座像高楼又有层次的斜角建筑物，远远地看去，上面清晰地闪亮着白色的灯光组成的篆体“福道”二字，上方还有个斜八字形的标志。

这才真正到了入口，老乡夫人领我进入一个水渠似的隧道，瞬间感到凉爽许多。再走，开始盘旋而上了，感觉不到在上坡，只觉得面前栈道似平地，身后走过的栈道是在低处；向前看，远远地蜿蜒盘旋，卧龙绕山一般。四下里很静，不时听到树林里鸟儿的飞动声，脚下是鱼儿跳水声和呱呱的蛙声。原来这里是水中栈道跃然湖上，我们是在山间走，湖上行；这里没有天与地，只有山与水。

灯光、月光、星光共同辉映下的福道，银色闪闪；福道两边是大半人高的钢架护栏，银亮亮地一尘不染；脚下是厚重结实的钢板铺就的栈道，宽宽的栈道可容下四人并行。走在上面，凉爽、惬意，偶尔倚栏凝望，如置仙境。

有些锻炼的人匆匆超过我们，很少有说话声。间或也能听到福州本地人，操着半普通话半闽南音，向身边的友人介绍福道。

我们边走边小声聊着，每隔10多米，就能看到一个垃圾桶。她告诉我，这上面有直饮水、洗手间、观景平台、休息亭、瞭望塔、座椅、茶室等，还配备了无线网面板。福道上的花卉养殖和保洁都有专门的管理人员。

“这要多大的工程啊？”我惊叹道。她说：“福道连接多个山头、山腰，全是人工建造，这些沙子水泥，一块块钢板，都是骆驼驮上山的。施工尽量不毁植物，一旦遇到不得已的，就移植补栽，最大限度地保护山体的原生态，让栈道下方的植物继续生长。”

我知道，福州植榕，古已成风。特别是北宋时期，太守张伯玉倡导“编户植榕”，“绿荫满城，暑不张盖”，使福州又有了“榕城”的美称。而她告诉我这山上更是树种繁多，五彩缤纷。池杉和红枫带来红色系林带；黄色系以银杏、无患子、朴树为主；原生态的芒果树、榕树、樟树等植物则带来绿色效果。一年四季都能看到果实，但是没有人随意采摘，就像街道上的芒果、枇杷，熟透了掉在地上，都不会被随便摘的。借着灯光，她指给我，看，这旁边都是龙眼，触手可及。看着枝枝丫丫缀满黄色小果实的龙眼树，我仿佛误入了果林谧境。

我们蜿蜒而上，不知不觉，已经到了山腰，我很奇怪，完全没有爬山的感觉，一点不累。她告诉我，本着人性化的设计理念，福道有不少“之”字形的设计，每16米，坡度才上升1米。所以不论老人还是孩子，都觉得像平时走路一样，就连坐轮椅的老人也能轻松而上。

她说：“你知道福道的总设计师吗？他是新加坡亚历山大空中走廊的设计师，曾经获得新加坡总统奖。”

“福道惊艳，情理之中。”我赞叹说。

福州不仅是福地，也是文人学者辈出的英雄地，从古代的朱熹，柳永，到近现代的林纾、严复、冰心、林语堂、林觉民、郑振铎、林徽因，再到现当代的余光中、舒婷，汪国真，都是福州的骄子。我最敬佩福州的教育，尤其是“三坊七巷”中的名人家风家训，已被著书立说，成为世人典范。

遐想中，来到第一个瞭望塔。我们刚刚吃饭的龙峰宾馆，感觉就在脚下；他们也许还在品味“佛跳墙”“醉糟鸡”“豆腐蛎”。而我此刻却在福道上幸福地走着。

远眺，正是万家灯火璀璨，福州的城市，全在我的视野里，她与满天星斗相接，与山脉相拥，与福道相连；幸福的福州人民，忙碌了一天，此刻，他们正在天然氧吧里吃饭、休闲、喝茶、唠嗑吧！

我们欣赏福州夜景兴致正浓时，一阵风吹起了我们的头发，裙摆；紧接着，星星点点的雨就来了，这山风、山雨，是我不曾见过的急速，大有“山雨欲来风满楼”的气势。我们就近躲到休息亭里避雨，老乡夫人说：“这雨来得急，去得也快。我们回去的路，可直接从入口楼梯下去，雨淋不到我们的。”我这才知道，我们刚来时入口的一幢独立楼，是一个直上直下的返回捷径。

雨停了，我们匆匆下山。我对老乡夫人说：“明天我一定早起，再来走福道。”

（原载于2019年7月《连云港文学》总第338期）

韩国印象

韩国之行，说不上有多兴奋。不像以前，刚到一个新地方，就觉得一切都是那么新奇。记得那年去北京，在家时心情很忧郁，失眠多时，然而，一到北京，心情豁然开朗，吃得香睡得香。北京城的气魄，北京城的古典，北京城的博大，北京城的庄严，一下子让我觉得天地之广阔，万物之丰富，生活如此生动有趣，所有区区小事都不必挂在心怀。

这次去韩国，真的没找到这种感觉，怎么说呢？韩国是很发达，国民素质很高，很有礼节，不管是老人孩子，没有闯红灯的。他们讲究环保，停车不准开空调，汽车从不鸣笛，城市没有噪声，没看到一个骑电瓶车的，偶尔骑摩托车的都是送货的，每家都有小车，政府鼓励和奖励骑自行车的人。听说女同志若是骑自行车去做头发，只收半价。他们吃的用的都很好，虽然饭菜少油无盐，我们是吃不惯的，但在韩国的大街小巷，没有大腹便便的人，没有看到高血压病人。老人都很健康精神的样子。他们现在还没有放暑假，上学的孩子多数背两个包，一个是书包，一个是水和一些吃的，在校喝的水全都自备。孩子们都是步行上学，没有一个家长接送。

韩国百分之七十是山，一条汉江穿越境内，给韩国增添了许多灵气。青山绿水，环境优美，空气真的很好，虽是六月天，早上起来感觉是秋天，不仅是凉爽，那是秋高气爽的感觉，天高云淡的感觉，不像我们这里天空黄黄的让人烦躁。

但是韩国真的没什么景点好看的，华城行宫和我们的乾隆行宫差不多，景福宫没法跟北京的故宫相比，去一个公园，导游不给时间爬山，听说同行的一个团有人爬到山顶，那是他们几天来最快乐的一天，可是却惹得他们的导游不开心。

购物的时间到蛮多的，可是物价太高，是我们的好多倍，半颗大白菜腌制的泡菜 136000 韩元，折合人民币 80 元。化妆品质量很好，不能说便宜，一分价钱一分货呢，韩国是没有假货的。西瓜很大，好几十斤一个，每个一百元。和我们这差不多大的也要六十元。

韩国人的确喜欢化妆，老人也一样，即便在公园割草的老人，也化很浓的妆；男人都很干净，可韩国的男人都不做家务事的，韩国不少女孩不愿结婚，要么想找中国男孩为偶。就在金融危机情况下，男孩没有女孩好找工作，经调查只有百分之八的男孩愿意婚后参加家务。

七天的旅行，在韩国只待四天，来去坐大轮虽然颠簸，但在无边无际的大海上还是很兴奋的，去时阴天没看到日出，回来时，因旅途劳累，加之船很稳，一觉睡到天亮，没看到日出，很是遗憾！

风景

到扬州兴化赏油菜花，已经是两年前的事了。时常想提笔写点感受，每次下笔又停下来。有时候，朋友问起：千跺景区美吗？我的回答是肯定的。兴化人民因地制宜，发展经济的理念；泽国之乡，天空绚丽而明媚，“八卦田”的广阔阵势，飘在水上的垛垛金黄，都给我留下了深刻而美好的印象。但是，我的心底始终藏着一处更美的风景，比千跺菜花更耀眼，比迢迢流水更美丽。

摇船的大姐

四月的兴化，气温已近三十度，由于景区没有树荫，所以大门口到处是卖斗笠的；一是为了遮阳，二是对斗笠的喜爱，我当即花十块钱买了一个。

在人山人海的拱桥通道上，斗笠助我一片荫凉，看着先生和儿子被晒得直流油，心存几分优越几分心疼。

站在几层楼高的拱桥上，无边的金黄漫了视野，感觉自己被淹没于金灿灿的世界里。

走下拱桥，顺着人流向前，浓郁的芬芳扑面而来，花间的蜜蜂你追我赶，耳畔传来哗哗的水声，置身花的海洋，身心空前轻松。

前方突然人群密集起来，被鱼贯而行的人流带到跟前，方知是一处游船码头；树叶状的小船，流淌在河道里，来来往往忙碌着。驾船的多数是四十岁左右的妇女，一律戴红头巾，这点点红色与两岸的金黄相映成趣，让你感觉每一条小船上，都绽放着一枝鲜艳的玫瑰。

凭门票排队坐船，这也是游千垛景区最具趣味的游览过程。每只小船只准坐五至六人，来自盐城的小夫妻俩带着一个四五岁的女儿，愿意和我们同船。“千年修得同船渡”，我们拍照合影，情同一家。

摇船的大姐皮肤黑黝黝的，声音却很甜美。她摇橹的动作轻巧娴熟，脆而清甜的软语荡漾在轻波里；水流依依，小船悠悠，大姐边摇橹边介绍，我前后左右看不过来。万岛之国，纵横交错，“河有万湾多碧水，田无一垛不黄花”；眼睛迷离了，心却旖旎起来，仿佛世界都在我眼里，又仿佛我的眼里什么都没有，整个身心空灵起来了。

伴着大姐轻声细语，我们也陶醉在河道的画廊里。“你们到2号码头了。”大姐提醒我们下船。我看看岸上的人群又看看水里穿梭的小船感慨道：“太快了。”

与大姐挥手道别，大姐花儿一样的笑容里，挂着一颗颗晶莹的汗珠。

小警察

小路上，人群如水，一部分缓缓向前，一部分散落在菜花丛中。我立于栈桥，看那个头戴蓝色遮阳帽，身着粉色飘逸长裙子的小女孩，飘飘若仙。

儿子看我专注的神情，突然问我斗笠怎么没有了。一时竟想不起来在哪里丢的。斗笠“事件”引起全家人的重视，先生明白我的心思，对我说：“千跺万亩，你是看不完的，我们回去，顺便到 1 号码头找找看。”

回到 1 号码头，在围栏外面就被一位年龄不大、个子不高的小警察拦住，他说这里不可以进去的。环顾四周，这里虽然人流如潮，但是秩序井然，围栏形成的进出口也不一样。我只好把手机里的照片给他看，说明来意。他用标准的普通话对我说：“好的，请进去吧。”同时，他又对围栏里面的一位警察大声喊话，告诉他我要找的人。带着感激，在岸边等候，岸边的警察和蔼地告诉我，那位黄毛衣大姐很快就回来。

不一会儿，河道里传来一阵悠扬的歌声，是黄毛衣大姐摇橹归来，岸边的警察不等她靠岸，就操着一口南方口音对她喊：“大姐，有人找你！”黄毛衣大姐远远地对我笑，用嘴努努船舱；我会心地冲她笑笑，失而复得的喜悦爽朗了身心。大姐停船靠岸，把斗笠递给我。

我的先生正在和小警察聊天，看到我，小警察一副替我高兴的表情，还说了一些问候的话语；我才仔细地看看小警察：一身带有汗渍的警服紧贴身体，个头不太高，有些偏瘦，紫外线晒黑了他的皮肤，却遮不住他一脸青春的朝气，还有他那有些稚嫩的声音。我们和他道别，他对我们挥挥手，亲切地对我们微笑，那感觉，似曾相识。

刚走两步，儿子告诉我，小警察问你是不是从北京来的。他说他是北京人，今年 22 岁，刚在北京做警察，因为这里需要人力，把他们从北京调来执勤，来到这里已经一个多月了，大概还要一个多月才能回去。听到这里，我不由回头去看小警察，他依然站在那里维持秩序。突然想：他为什么说我是北京人？是他想家了？他刚参加工作，就离家千里，从繁华的大都市，来到这乡村风景区，每天都在重复着同样的工作。作为游客，一日畅游，轻松惬意，满眼新奇。而他要在这里近三个月，每天风吹日晒，他眼里的风景就是川流不息的人群，南来北往的匆匆过客；他的任务就是保证游客安全有序，让景区更干净，更美好。回头再看他时，他正在和一位游客交谈，那样子，极为亲切。突然觉得，他，他的战友，这里所有的警察，他们才是这景区里最美的风景。那一刻，心里涌起一份尊敬，一种心疼，但是，更多的是遗憾：可惜我不是从北京来，我若是北京人，能慰藉他的思乡心绪吗？他会高兴得跳起来吗？会打电话告诉爸妈，说他遇到了同乡吗？

带着这样的遗憾，我一步一回头，隔着攒动的人群远远望去，黑黑的、瘦瘦的小警察的身影逐渐模糊在无边的金黄里。

（原载于2020年4月10日《兴化日报》）

那山，那水，衲田

在辽阔的苏北大地上，有一块美丽而神奇的土地，她叫宿豫。这是一块山青水秀、人杰地灵、物产丰富的宝地。是一个富有传奇故事、充满浓郁文化色彩的圣地。是一个令人流连忘返的人间仙境。

位于宿豫北部的三台山森林公园被称为“江苏的西双版纳”。这是一个自然与人文相结合的大型景区，境内峰峦迭起、碧水小湖、森林幽谷，天然草坪遍布山间。其间，河滩、竹林、果园、农舍、菜畦，错落有致，风景各异。五月的山坡开满了白色的槐花，香气扑鼻，酷似梦中的桃花源。

具有红色印记的晒米台，位于三台山森林公园北侧，相传为宋军屯粮晒米处，因此得名。当你踏上石板铺就的街巷，走近青砖、灰瓦的苏北民居，毛石垒砌的院落，感受着古朴与传统的文化元素，便勾起你无限乡愁，刷新你泛黄的记忆，激起你无限遐想。

衲田景区位于三台山森林公园东部，这是一幅独具匠心、香气四溢的画卷。在这黄、红、紫由浅到深的巨幅画卷里，花海与蓝天相接，上有彩虹飞架南北，下有阡陌纵横交错，其间蜂飞蝶舞、清香阵阵。黄发垂髻、怡然自乐，俊男靓女、漫步其间。花相伴、人相随，人在景中，景在画中！徜徉于花海的人们，无不惊叹不已！赞美不已！

登上三台山的天和塔，凌空俯瞰，脚下是绿色海洋，极目眺望，远处是一座蓬勃崛起的绿色生态城市。隔相思湖东望，有一片金光琉璃的建筑，那是庄严而神圣的菩提寺，寺内钟声隐约传来，极远又极近，殿堂香烟袅袅升起，若隐又若现。向西看，一碧万顷的骆马湖犹如镶嵌在绿宝石中的一面明镜。

三台山森林公园向西四公里，便是烟波浩渺的骆马湖。关于骆马湖的传说云云不一，不管是哪一种传说，都给美丽的骆马湖蒙上了一层神秘的色彩，而我更喜欢且愿意相信的是这样的：很久以前，天庭中有一群美丽活泼的骏马，因为艳羡人间美景，于是结伴逃出天庭，来到人间。人间处处是风景，这群马却对宿豫情有独钟，恋上这里的山水，迷上这“天赐仙湖”。后来，王母娘娘知道后，下令召回它们，其中一匹小龙马不知何故，或许缘于某中深深眷恋吧，宁死不回天宫，决意常驻于此。不难想象，“仙马”的到来，引来许多马群，于是，每天这湖边都会呈现一幕幕画面:《骏马奔驰图》《众马饮水图》《群马嬉戏图》，当然，这里就成为马的乐园，当地人们就叫她乐马湖。其实，“乐”演变成“骆”不仅因为发音相近，“骆”更给骆马湖增添了一层文化内涵。“骆”是黑鬃的白马。我想这匹来自天庭的鬃黑身白的宝马，定是爱上这山这水，定是择佳境而栖！

骆马湖水源优质，物产丰饶。其中盛产藕、菱、蒲等多种水生植物，有鲫鱼、银鱼、鲢鱼、青虾、螃蟹等六十种鱼类。到宿迁，尝湖鲜，已成为游客们一份美好的期待！

骆马湖中的戴场岛，四面环水，蓝天白云水相连，绿树村居总相宜。踏上这块土地，立刻心旷神怡，宠辱皆忘。这里民风淳朴自然，渔家人热情好客。到这里，凡尘俗事烟云散，不戚戚于贫贱，不汲汲于富贵。你可以开怀畅饮，尽情畅谈，尽情呼吸新鲜的空气。难怪人们赞它为“世外桃源”。

雨后的骆马湖更是别样景致，这时候，天然氧吧里的空气更加清新，真想使劲地吸进去、吸进去，再舍不得吐出来。此刻，你若漫步山水之间，微风拂过心头，柳丝漾过发髻，薄雾润湿唇角，真的是醉了！醉了！

自北向南流经宿迁境内的京杭大运河，自古都是帆如云涌船如梭，而今运河两岸更是美不胜收。每当夜幕降临，运河两岸，灯海如潮。远望林立的高楼已是万家灯火。向下看，河水中流淌的不知是数盏明灯还是满天星斗。年轻的情侣们相拥而坐，牵手而行，空气中弥漫着鲜花与小草的芬芳，轮船的汽笛打破夜的宁静。一切都朦胧在这夜色里，朦胧在这流淌不息的河水中。

都说一方水土养育一方人，是的，正是这里的青山绿水养育了厚道淳朴的宿迁人，美丽了聪慧灵秀的宿迁人，造就了一代代具有民族气节的英雄儿女！

宿豫！她因太多的故事吸引了四海之朋，五湖之宾。她以独特的魅力迎来更多的亲朋好友驻足这里，享受生活。宿豫！她是一张生态、文明、绿色、宜居、幸福的名片！

（原载于2018年第1期《宿豫文艺》）

校园里的百草园

这个春天出奇的忙，许多心事来不及细想，许多事情让我措手不及，一下子打乱了我平日那种悠闲，静思，全副身心于一份工作的安然状态。

记得去年，或是再以前，每个清晨，我总喜欢提前开车到校，把车子停在学校双龙湖畔的车位上，然后走进百草园，去仰视一树花香，去俯拾一地芬芳。

时常拿起我那照相效果极好的华为手机，无论近景远景，统统来个大写真，然后发到朋友圈，美它个天翻地覆，羡煞四邻，迎来点赞多多。

今年，我不在以前的教学楼办公，所以，每天都把车子停在离我办公地点较近的“求真楼”旁边。来去匆匆，停车上楼，下楼开车。就这样，错过了风景，消失了闲情。

办公室同事阿梅，最近总在我耳边叨念：“我们课间又到百草园去了！”

阿梅是班主任，每次趁大课间带领学生做操，然后抽个机会，再去一趟百草园放松身心。

我忙打断她说：“今天我们课间一起去百草园吧！”我这样拦住她后面要说的话，是因为我知道她要说的内容，同时，我怕错过百草园的整个春天。

“好啊！”她爽快地答应。

我们迈着急切的脚步，从五楼向楼下飞去。快言快语的阿梅一边走，一边给我介绍：“园子里虞美人花开正旺，一大片火红火红的。还有野草莓，有开白花的和黄花的两种，开白色花的野草莓可以吃，清热解毒，能治好多疾病，但有微毒，不能多吃啊！”哦！这是我第一次听说野草莓的功效和副作用，我只知道蒲公英可以治疗多种疾病，所以，我们时常去园子里挖几棵又肥又壮的蒲公英，带回家煮水喝，治疗嗓子疼确有奇效。

说话间，我们已经接近园子。眼前袅袅娜娜，像云朵、像丝绸般的虞美人在暖风中摇曳生姿，色彩诱人，芬芳可感！近瞧，遍地野草莓啊！顿时心生几分爱怜。以前是否见过它，不记得了。今天或许是阿梅的介绍，我用心观察，这些小巧的，通红的，晶莹剔透的野草莓，犹如一颗颗红玛瑙镶嵌在翡翠般的绿叶之间。我们顺着园子边上的道路，细数着一些知名字的和不知名字的花儿，不知不觉来到一片艾草地。阿梅说：“这些艾草分‘家艾草’和‘野艾草’，家艾草就是端午节用来煮鸡蛋和烧水给孩子洗澡用的。”这个艾草我太熟悉了，除了端午节派上用场，我还领略过它更多的好处。

然后，我俩沿着林荫小道，穿过一片竹林，来到双龙湖畔更大的园子，这个百草园就是我以前常来的地方。抬头仰视，芭蕉树、香樟树、香椿树、紫叶李、广玉兰，在阳光下郁郁葱葱、生机勃勃。俯身向下看，绿色地毯上满是紫色的满天星，粉色的喇叭花，黄色的蒲公英。这里是落英缤纷的世界，这里有洒落一地的繁星！似乎去年百草园没有这么密且厚实的花草啊！

我俩有点不敢前进，生怕自己不小心碰伤了这些小花小草，只好蹲下身子默默地看着它们，轻轻地抚摸它们一下，小声地对它们呢喃几句。

忽然，我和阿梅不约而同地闻到一阵浓郁的花香，我俩在寻找。

哦！远处！园子里面几棵高大的槐树正缀满白色的槐花，感觉今年的那一串一串的槐花开得急促，开得热闹，所以香味也特别浓。

蓦然忆起去年，我和一位年轻教师同时到校，同时把车子停到车位，几乎同时走出车门，那一刻，我们也同时闻到了槐花的清香，那一刻，我们同时拿出手机，记录这芬芳时刻！

后来，我们都把照片发在学校群里，我才发现，他拍的照片是一树槐花，我的照片除了一树槐花，还有一个他。是的，他年轻，走在我的前面，镜头里，他和槐花都是主角，正如学校的教学力量一样，年轻的他们在唱主角，担当重任！我该是做个拍照片的人了。

时光流得好快啊！转眼又是一年槐花香！再过一个月，我们又要送别一届学生，又要陪同他们去迎接人生的一次挑战，这个六月，我们注定要拥抱太多的喜悦与不舍……

上课的预备铃响了，我和阿梅匆匆赶回教学楼。风风火火的阿梅走在前面，不知道她是转身再看百草园，还是希望我跟上，而我却一边走路一边用手机拍下她回眸一笑。

晚自习下课后，我特意再一次来到百草园旁边，心中的留恋不可言喻。校园的灯光里，百草园一片朦胧，越发使我感到亲切，阵阵袭来的香气溢进我的心田，弥漫着我的全身，弥散在整个校园！

（原载于2017年7月《连云港文学》总第314期）

春风水韵花灯，我在等你

同学叶子来电：“快，快，”“去骆马湖看灯会啊！”我边吃饭边问她：“我们两家吗？”她说：“还有一位我先生的同学，从新疆刚回来，说一定要去骆马湖看灯会。”

“好，好！你在小区门口等我。”

我和先生把车子开到叶子家门口时，他们已经等候很久了。上车后，叶子的先生指着他身边的一位男士介绍到：“张劲，我同学，在新疆十年没回来，这次是专门回来过元宵节的。”

我和我的先生几乎是异口同声地说：“欢迎同学归来！”

张劲道：“去年看到叶同学发在朋友圈的照片，就发誓，今年一定回来过元宵节，看花灯。”

是的！去年元宵夜，月上树梢头，我们和叶子夫妻俩，也是驾车去骆马湖的湖滨公园观看灯会的。那个灯火阑珊的夜晚，我们在花灯头饰摊前逗留，在熙熙攘攘的人群里流连，在水映花灯前留影，在五光十色的时光隧道里穿越，一切都历历在目……

停稳车子，我们从密密匝匝的车队缝隙中，向湖滨公园走去。远远望去，五颜六色的灯火，沿着湖畔逶迤而去。

走进大门，迎面看到的是金色宝塔一样的巨型灯组，那珠光宝气的宝塔两边，两条巨龙跃跃腾飞，宝塔顶上一片红色祥云，一只“迎春金犬”卧在祥云上面，一副泰然自若的模样。这组巨型花灯，大气、福气、贵气、灵气，它引领着观灯游人，预示着狗年灯会的吉祥与繁华。

前方是璀璨夺目的灯海，面前是摩肩接踵的人群，小姑娘头戴花灯；小伙子手捧花灯；儿童提着花灯；涌动的人流，仿佛是流淌的星河。

触景生情，叶子的先生少华吟诵起唐代诗人崔液的《上元夜》：“谁家见月能闲坐，何处闻灯不看来”。

张劲感慨道：“在新疆也有观灯会、猜灯谜活动，但是，像这么庞大壮观的灯会没见过；能在家乡看到一座临湖傍水的公园上，看到一个因水而灵动的盛大灯会，真的是很幸运，很幸福啊！”

是啊！那抖落一地的五彩星辰，像孩子的眼睛，笑眯眯地眨呀眨的，可爱至极；那俏皮狗吐着舌头，踢着绣球，趣味十足，引来孩子们的手舞足蹈，忍不住去亲亲抱抱；那西天取经的唐僧师徒，惟妙惟肖，立在水边，漾在水里，感觉那是仙境；那“力拔山兮气盖世”的伟岸身躯，高高举鼎，一副破釜沉舟的气势，观其霸气雄姿，心生无穷力量；那充满皇家气派的龙船就要抵岸了，英俊潇洒的乾隆，在随行侍卫的陪同下，立在船头，目视前方，若有所思；也许，在水一方，有位佳人，此刻就在灯火阑珊处。

遐想间，头顶上飘动着朵朵祥云一样的小花伞，那古典浪漫的气息，如仙女散花一般。记得刚刚在美食广场看到满天流光溢彩的红灯笼，以为那是天上街市；此刻，眼前却又是一处仙境。想问自己，天上人间，我在何处？

月色婵娟，灯火辉煌。

时光不老，我们依旧。

我和叶子孩子般地在花灯头饰前挑选着，叶子在卖花灯的女孩手里挑了一个生肖犬头饰戴在头上，我的眼前突然闪现着去年的她。心里默念：

去年灯会似昨日

花灯满城映头饰

时光飞逝全不觉

忽又一年灯会时

看到我们欢天喜地的样子，张劲一定要和我们多拍一些照片，发给远在新疆的家人。他让我和叶子披上纱巾，站在湖边拍照。他说："你看，岸上一对，水里一双，飘若天仙，多么梦幻而美妙啊！"在缤纷的灯光里，他举起相机，把我们定格在这和谐、欢乐、朦胧的时光里。

夜已深，灯如昼；湖畔人如潮，火树银花不夜天。

我的先生提议回去，张劲眼睛里充满留恋，我从他的目光里读懂：那是对骆马湖的留恋，对家乡的无限眷恋。

善解人意的叶子说："明年元宵节，我们再相聚。"

张劲说："好！明年元宵，我一定带上家人，我们骆马湖畔再相聚！"

（原载于 2019 年第 2 期《宿豫文艺》）

第四辑　相遇是缘

小苹果的春天

一说到小苹果，大家一定很快就会想到流行在大街小巷的歌曲《小苹果》，那一连串节奏快，动感强的词曲，就会在我们的心头跳动："你是我的小呀小苹果，怎么爱你都不嫌多……"

一首歌，一个人，一群人的故事从这里开始……

今年新组建的办公室里，不知道从什么时候开始，经常听到有同事喊"小苹果"，应声而来的是一位三十多岁，个头不高，面庞清瘦，五官端正，架着一副近视眼镜的、笑眯眯模样的男同胞。

我知道他的尊姓大名，怎么叫小苹果呢？心怀疑问，就问同事阿梅。聪明的阿梅开玩笑说："他喜欢唱《小苹果》，人长得也像小苹果。"话音刚落，大家都跟着笑了起来。然后有人接下来说："小苹果！再唱一个！"这时候，我看到小苹果露出一副很不好意思的样子，然后埋头备课去了。

同时我又发现，办公室什么话题都离不开小苹果，大家工作之余，趁着课间休息，喜欢拿小苹果来开心。

"小苹果，你怎么不唱歌啊？是不是昨天又被老婆打了？"

"小苹果，你昨天车子上带的那个漂亮的女孩是你老婆吗？"

小苹果是好脾气的人，不管大家怎么说，他都是笑，憨憨地笑。大家之所以总喜欢提到小苹果的老婆，听说小苹果的老婆长得漂亮，个子比小苹果高，大家都说小苹果爱老婆，怕老婆，打架一定打不过老婆的。我想，小苹果是不会和老婆打架的，那肯定不是因为个子小打不过老婆，也不是因为怕老婆，一定是因为他爱老婆。

前两天，小苹果在朋友圈发了一条信息，又成为大家热议话题。内容是："前些日子去某医院体检身体，竟然低血糖和营养不良。正准备找老丈人投诉。后来又去另一家医院检查，一切正常。"

我不明白，问阿梅："为什么要投诉老丈人？"阿梅说："是老丈人的女儿没有照顾好他，舍不得给他吃，虐待他呗！"

阿梅的解释连小苹果自己都"嘿嘿"地笑了！

在以后的一段时间，我开始在意小苹果了。我的确听到他经常唱《小苹果》这首歌曲。在我的感觉里，论内容，就那么一两句，但是小苹果从未完整地唱完这首歌曲；论歌声，也不够吸引人，没有任何魅力；论音调，那是经常跑调"不在线"。难怪我当初没在意，更何况我本来就后知后觉呢！

不过，小苹果也偶尔多唱两句，我越来越发现，他唱的《小苹果》歌曲有好多版本，可以把小苹果歌词套用到其他曲谱里，甚至是唱成京剧，黄梅戏。他可以随时改变曲调，还可以从这一首曲跨到那一首曲，半首歌唱下来，换了几首曲子，唯有《小苹果》歌词不变。

要知道，小苹果的歌声正常是受打击的。在我们办公室里，有一群漂亮能干的女教师，若比唱歌，哪里轮到小苹果！

只要小苹果一张嘴，七嘴八舌的打击就来了。

燕子说："小苹果，你要了俺的命了！"

玲玲说："师叔！给你点钱，不唱了行吗？"玲玲是当年小苹果刚参加工作时候教的隔壁班学生，所以也算是师侄女了，玲玲总喊小苹果师叔，有时候也会没大没小地开玩笑。

像温文尔雅的莉莉老师、一江老师、建军老师、陆陆老师，这些老师多数不会打击小苹果，他们的笑而不语也算是对小苹果的保护了。

要说保护小苹果的人，那要算是老高了。老高在办公室年龄最大，缘于尊重，年轻的教师有时候喜欢半开玩笑地称他“老大”，又因为他有点黑，有时候就喊“黑老大”，还有时候喊“高老头”。每每喊道“高老头”，总让人联想起巴尔扎克笔下的《高老头》，虽然二者风马牛不相及。怎么喊就怎么喊吧！只要每天轻松一刻大家能够开心，放松，老高绝不生气。才女宏发现一个秘密，只要小苹果觉得自己委屈的时候，总喜欢把脸贴在老高老师的脸上，诉说自己受女同胞们打击的痛苦。这位老大的确是一位好人，还是一位善解人意，善于幽默的大师，他只要三言两语，定叫小苹果破涕为笑。

所以，无论怎么打击，小苹果每天课间照唱不误，除非办公室有学生来问问题，小苹果会保持绝对的安静。

有一天，我刚下课归来，就听到他又开始唱了：“你是俺（他把“我”换成“俺”，把“俺”唱成重音“按”）地小呀小苹果，怎么爱你都不嫌多啊啊啊”，后一句的一半字已经跑到京剧曲调上去了。

他在那里不厌其烦地“啊啊……”，其他人可是受不住了，办公室小颖说：“你唱歌百转千回，空调都被你唱得开不了！”一句话惹得大家笑了，小苹果也笑了，办公室顿时轻松愉快起来。

阿梅说：“小苹果，你要是哪天搬家了，你的邻居一定会握着你的手，感激涕零！”

小苹果偶尔也唱唱其他歌曲，只是偶尔。一天下午大课间，他突然唱起了正宗的黄梅戏，“树上的鸟儿成双对，绿水青山……”，刚刚唱了个开头，就被快言快语的阿梅打断了：“鸟儿都被你唱离婚了，你还唱！”

“哈哈哈！”办公室笑声一片，小苹果一手摸着头，一首捂住笑红的脸。

其实，打击归打击，小苹果哪天要是不唱歌了，大家反而觉得不习惯。有那么几天，我们的确没有听到小苹果的歌声。没有了那“五颜六色”的歌声，我们的办公室似乎也失去色彩了。

寒假结束回来，小苹果几天都是沉默不语。大家不再开小苹果的玩笑。有的老师在私下里揣测，小苹果家里有什么事了吗？但是也不好问，小苹果似乎更清瘦了，个子好像矮小了许多。

才女宏说：“大家都看到小苹果每天快乐的一面，可是，有谁知道小苹果的忧伤啊！”

是啊！小苹果也是食人间烟火的正常人啊！他到底怎么了？大家都希望小苹果快乐起来。

突然觉得，办公室不能没有小苹果。我们除了需要小苹果的歌声，我们每天还能喝到小苹果给我们打的开水。

说到打开水，小苹果曾经跟我诉过委屈。

小苹果是班主任，每天早早就要到校，除了管理班级，陪学生早读，他必须做到的一件事就是帮助同志们打开水，让大家一上班就有水喝。都说习惯成自然，不错，有时候，小苹果因为班级的事务或者值夜班，没来得及打开水，大家就习惯地说：“小苹果，没有开水了！”虽然几位年轻教师发现没水了也抢着干，但大家总是习惯去找小苹果要水喝。

有一次，小苹果带着一副委屈的样子对我说：“姐！你给评个理儿，我这做好事咋就成了应该的任务了呢？”我说：“看来我们大家是离不开小苹果啦！我退休了都想来上班，因为我们办公室关系融洽啊！因为我们在一起像兄弟姐妹一样不见外呀！”

小苹果听完，开心地拿起茶水瓶，从五楼向一楼噔噔噔跑去，一边跑一边小声吹起口哨。办公室几位同事也不由得跟着远去的口哨声唱起了“你是我的小呀小苹果儿，怎么爱你都不嫌多”。

如今，小苹果既不说话也不唱歌，大家不觉担心起小苹果来。

大家知道小苹果不唱歌的原因，是从美女小池主任口中得到的。

小池是办公室主任，她智慧，干练，一副热心肠。管理班级井井有条，协调人际关系也特别有办法。

原来小苹果的爱人是外地人，两人因为一次拓展活动相识。他的岳父是一位退休老教师，老人看中小苹果人好，爽快地把宝贝女儿远嫁给了小苹果。老人家前段时间病得很重，孝顺的女儿把父亲接过来住院治疗。作为班主任的小苹果，为了不耽误学生一节课，和爱人轮流值班。他每天去医院值夜班，尽心尽力陪在恩重如山的岳父病榻前，已经熬夜二十多天了。

原来是这样！小苹果不是铁人，怎么能这样熬下去呢！知道真情那一天，小苹果的办公桌上摆满了各种水果，牛奶、红枣、饼干等。没有想到的是！这些好吃的除了有同事放在上面的，更多的是学生送来的，机灵的学生消息竟然这么灵通！

小苹果课间趴在办公桌上休息的时候，办公室里安静得好像没有人存在。同学科的同事有时候抢着去帮小苹果上课，大家不约而同地默契起来，有小颖和宏在，水瓶里从不断开水；有阿梅、莉莉在，办公桌上，洗手盆比以前更干净了；玲玲和燕子带来了枸杞、红枣、桂圆、黄芪，给小苹果煮水喝。

冬天渐渐远去，空调不用再开了，窗外吹来温暖的春风。小苹果的岳父康复出院回家了，小苹果终于又可以全身心地投入教学工作了。我们又听到了小苹果的歌声了。

又一个周一的课间，我听到他唱了一首《两只蝴蝶》：“亲爱的，你慢慢飞，小心前面带刺的玫瑰，亲爱的，来跳个舞……”这一次没有人打击他唱歌，但是开玩笑必须的。

有人说：“看！小苹果的发型好帅！”

“小苹果这身衣服刚买的吧？有品位！”

小苹果摸摸头笑着说：“老婆买的！”小苹果的话语里充满了感激，目光里满是柔情！

从此，大家又开始有事没事找小苹果了。谁的电脑出了毛病，找小苹果看看，问题一定解决；老教师若有课件问题解决不了，找到小苹果，一定帮忙到底；哪位老师临时有急事，小苹果立马顶上，帮忙上课。

小苹果原来是物理专业教师，因为学校缺历史教师，小苹果听从学校安排，教了历史。前不久，班级数学老师因为身体不好，请假一个星期，小苹果潇潇洒洒地给学生上起了数学课。小苹果真是个多面手、“万能教”啊！难怪学生对小苹果崇拜至深，难怪小苹果的班级成绩科科名列前茅。

有人发现，小苹果最近胖了，也有人说小苹果长高了，最经典的是阿梅说的：“春天来了，小苹果开始猛长了！”

的确，小苹果最近又白又胖，感觉真的高大了许多，发型也比以前精神、向上，歌声也比以前响亮了。特别是看到小苹果意气风发，健步走进课堂的那一刻，我们觉得，小苹果很帅！

（原载于2017年12月14日《中国文化报》。
本文荣获宿豫区第七届政府文学艺术奖“入围奖”）

初识刘家魁老师

初识刘家魁老师，是经历了一波三折的。

说来算是缘分吧！2018 年 5 月的一天，看到文友王秀营老师在“听蝉居茶社”朗诵刘老师诗歌的视频，便与王老师联系，希望有机会求得刘老师的诗集一本。

当天下午，王老师给我送来一本刘家魁老师的诗集《英雄挽歌》，并希望我能从中选一首诗歌，参加由宿迁市文学艺术联合会、宿迁市广播电视总台主办的“自然之诗——刘家魁诗歌吟诵会”。

我当时有些犹豫，担心不能胜任。回到书房，打开诗集，一口气读下来，第一次系统地读刘老师的诗歌，感到真切、自然，生动形象、掷地有声；有意境、有美感、有风骨、有情怀；诗集共分五辑，或委婉、或铿锵，或感怀、或凛然，读来耳目一新。读着读着，便轻轻地吟诵起来，不知不觉，思绪定格在一首《春天的风》的诗行里，轻松愉快的语言，生动有趣的情节吸引着我读了一遍又一遍；诗中对往事的追忆，对青春的怀念，对爱情的珍惜，对同伴的友好，一幅幅生动的画面栩栩如生地浮现在我的面前。当即决定，将《春天的风》发给诗会组织者许蒙老师。

然而，两天之后，我接到一个通知，要去重庆参加一个区统战部组织的“民主党派寻根之旅”活动。这次活动机会难得，重庆又是我梦寐以求的地方。5月底出发，6月1日夜里返程。算一算时间，不能参加31号的彩排不说，论精力，应该不允许参加6月2日的诗歌吟诵会。惋惜之余，只好给许蒙老师发去请假的信息。

离开重庆前一天晚上，在重庆机场收到宿迁中学王其成老师的信息：“诗歌朗诵会请照常参加。”王其成老师也是这次诗会的主要组织者之一；收到王老师这样的通知，很感激，同时也很紧张。

经历了飞机和大巴车的连续颠簸，到家已是凌晨，收拾完毕，几乎没有睡觉，天就亮了。先生看我极度疲劳的样子，对我说：“不能去就不要坚持了。”但是，我早已坚定了信念：刘家魁老师是我敬慕已久的诗人，早在青年时代就拜读过刘老师的诗歌；工作以后，曾经把刘老师的诗歌作为范文和学生一起来赏析；刘老师的作品入选《中国新诗选美》《20世纪汉语诗选》《爱我中华诗歌鉴赏》等多部诗选，这次能有幸参加刘老师的诗歌吟诵会，是我的荣幸，怎么可以轻言放弃？

中饭后，匆匆赶到宿迁中学会场，已是座无虚席。远远地看到刘老师坐在前排，正在给宿迁中学的学子们签名赠书。曾经在新闻媒体或是书本上，不止一次看到刘老师，而今天，第一次真切地面对刘老师，心情有些激动。他满头白发，皮肤白皙，俨然一位学者；他谦和慈祥，和蔼可亲；他频频对学生点头微笑，似三月和煦春风。突然觉得眼前这位长者，是师傅、是长辈，是站在我们文学队伍最前面的领路人，是我们共同尊敬与爱戴的导师……

诗歌吟诵会2点半准时开始，我是第四位上台朗诵者。没有准备好的我，只好带稿上场，中途，稿子脱离文件夹，我只好一手握着话筒，一手连同胳膊托起即将掉下来的稿子认真诵读：

“暖暖轻轻的风

在把一棵桃树摇晃

晃着，晃着

就把桃树晃成了你……”

那春天的风，在我的心里吹开了花朵，芬芳了我的世界，温暖了整个会场。

吟诵会结束，所有演员上台同刘老师合影。刘老师主动跟我说话，问我来自哪里，表扬我朗诵得很好。我有些不好意思，深感对不起刘老师，我满含歉意地说：“因为重庆之行太匆忙，没有准备好。”刘老师再一次面带微笑地肯定说：“很好，没有瑕疵。”听着刘老师鼓励的话语，我的心里暖暖的。

当晚，在西塘小镇酒店，刘老师送给我一本诗集《英雄挽歌》；刘老师在书上认真地签名，站在刘老师身旁，看着刘老师写字，就像一个学生站在老师面前，看他给自己释疑解难。那一刻，似乎有好多话要对他说：刘老师，您很像我的老师；刘老师，我曾经做梦都想成为您这样的诗人；刘老师，我还曾经偷偷诵读过您的诗歌《妈妈，您不要再老了》，读到泪眼婆娑……

但是，我一句话都没有说出来，心里满满的感动与感激。看着刘老师清秀的字体，如一股清风扑面，那感觉，如他的声音，如他的为人，如他的诗，春天般的温暖。

（原载于2020年3月22日《宿迁日报》）

我眼里的季玉老师

暮春时节，我有幸参加江苏省作协组织的“江苏作家看宿豫”活动，聆听了江苏省作协主席范小青、《新华日报》副刊主编胡瀚霖老师等大家的授课，也很荣幸结识众多作家朋友。三天的采风学习转瞬即逝，当江苏省作协的大巴车即将返程离开酒店那一刻，我的心头升起了复杂的情绪，鼻子一阵发酸，一股暖流从心头漫过，嘴里有股咸咸的味道。

回到办公室，打开电脑，眼前回放一个个采风画面，二十位作家朋友的精彩形象从我的心海划过。

采风活动中，有一位老师，她说话不多，总是让队友先上车，总是坐在车子的最后一排。

她中等身材，衣着朴素，短发，目光里充满智慧；她自信，谦和，恬淡从容，神情里散发着书卷气息；每次看到她，我都有要同她说话的愿望。

她就是来自淮安的季玉老师。

在最后一天早餐时刻，我在餐厅遇到了季玉老师。餐厅人太多，我到处找座位，终于在一个包间找到了位置，恰巧，季老师也在；看我端着盘子进来，季老师赶快站起来，给我搬椅子。我有点激动，不知道如何是好。

我们边吃边聊。季老师用关切的口吻询问我的写作情况。我与季老师说了好多心里话，关于写作，关于生活。季老师给予我诸多鼓励，勉励我不求闻达，不求富贵，只为自己的喜欢和热爱；季老师的每一句话都说到了我的心坎里，感觉自己遇到知音，相见恨晚。

谈到写作，季老师说，现在女作家越来越多，原因是生活压力越来越大，男人要事业成功，要挣钱养家，哪有心情坐下来写作？再说，如果刚起步写作，没有经济来源，指望稿费养家糊口，那还不得饿死啊？有一些文学爱好者长期处在矛盾境地，写作愿望与生活压力，时常困扰着夹缝里的他们。

季老师说，读书、写作、旅游都是生活中最好的放松方式。像我们，拿着薪水，业余创作，相对来说，比较轻松。但是，我们可以当写作是生活的乐趣，更是一种责任，一种担当；社会需要文明引领进步，作家有义不容辞地传播文明，引导文化健康发展的责任。

季老师还说，她建议省作协要多搞一些到基层采风活动，给作者多一些接触生活、了解生活的机会，为他们提供更好的创作源泉。

季老师一席话引发了我的思考，联想到范小青主席和汪政主席的授课内容，反思自己读书与写作中存在的问题，我深刻认识到：一个作家要有社会责任，有正确的价值观和判断力，要用真、善、美来抒写社会梦想，百姓情怀，生活真谛；要有崇高的精神追求，有宽广的胸怀，用自己的光芒照亮生活，照亮身边的人。

短暂的早餐时光，我们说生活，谈文学。季老师简单而接地气的话语，让我对写作与生活有了更直接的认识。我感觉，季老师身上有一种自信，一种正能量，一种感染力。她就是那种自身带有光芒的人，她就是一束光，走到哪里，哪里就会明亮而温暖。

写到这里，我专门百度一下：季玉老师是淮安区文广新局剧目部主任，邱心如女子文学研究会会长，二级作家，文史研究者。在小学三年级时，受杨沫长篇小说《青春之歌》启蒙，对文学的爱好一发不可收拾。已出版《难了尘缘》《世纪末琴声》《一叶知秋》等十多部中篇和长篇小说。

原来，我幸遇的是淮安当代著名女作家。人到中年，成就斐然。季老师不仅是我的知音，我心中的智慧女神；她的勤奋努力，积极进取，对文学的热爱与担当，更令我肃然起敬。在季老师的博客里，我读到她的《文化人的春天真的到来了吗？》一文，喜欢文中这样一段话："作为一名普通社会公民，我只希望被寄予厚望的文化人能在这个'春天里'，保持足够的清醒和自省能力，首当其冲地开展自我批判！在祖国和人民需要文化的时候，在祖国和人民需要文化人传承和担当的时候，你是否不会麻木不仁地丢失一个文化人起码的道德、良知和担当？！"

（原载于 2018 年 7 月 6 日《骆马湖文学》）

相遇是缘

十五分钟过去了，公交车一辆辆地开过来，始终不见我要乘坐的104路。再看向站牌，没错，上面赫然写着：104。再等等吧！我默默安慰着自己。

又过了10多分钟，一批又一批乘客上车走了。我开始怀疑标示有误：也许，这个站台曾经有104路过，现在改道了。正想着，一个身着黑色棉夹克服，皮肤白皙、个子高挑的女孩向我走来；看年龄，二十多岁吧！她微笑而热情地对我说："你好！我加你微信好吗？我给你发红包，你给我零钱坐车。"女孩的直接和贸然让我有一丝怀疑，是否还有其他目的呢？她如此突兀，我不免有些反感：我不喜欢和陌生人加微信；至于零钱，倒是可以给她。我说："我找找看吧，好像也没有零钱，我都是刷卡的。"我把手里的卡示意给她看。她赶快说："那你帮我刷卡，我加你微信，发红包给你。"我说："我给你刷卡，不用红包。你坐多少路车？""101"她回答。"可惜我们不同路，我是104路。"我边说边在包里翻找，找遍了所有夹层，终于找到一块钱。我把一块钱递给她。她接了钱，露出一副为难的表情说："不够，101路是两块钱。"她把一块钱递向我。我说："那我再找找。"

几乎把包翻了个底朝天，我的包里真的找不到第二个硬币了，顿时因帮不上忙而过意不去。正在我无奈地把左手插进大衣口袋时，指端触碰到硬硬的东西，第一反应是硬币；摸出那枚硬币，那感觉，像是我自己没有带钱，在窘困之时，眼前飞来救急的一块钱一样。我把硬币递给女孩，女孩再一次要加微信发红包。我说："不用了，我没有微信。"女孩半信半疑地看看我，连连道谢。正在这时，101 来了，女孩又对我说了声谢谢。车子开动了，女孩对着车窗微笑着向我挥手致意。看到女孩那甜美的笑容，我轻松了许多，一股甜丝丝的快乐感回流在心头。

送走女孩，还是不见 104 的影子。我上了 103 路公交车，准备转车回家。虽然我被站台指示标志愚弄了，但是，我没有懊恼，没有抱怨，忘却了饥饿，觉得 30 分钟的等待值得。抬头看向窗外，湛蓝的天空，白云悠悠，银杏树黄得透亮，满地尽是黄金甲，这个初冬干净、美丽。

忽然想起几年前，也是这样的季节，一位同事调动工作，我们为她饯行。在去饭店的路上，穿过一个红绿灯路口，被一位四十多岁的陌生男子拦住；我一怔，那么多人过马路，干吗拦我？男子怯生生地说："大姐，我想问你要五块钱买碗面吃。"我疑惑地看着他，有些不解。他又说："我是睢宁人，来宿迁找朋友；朋友还没有等到，我饿了，想请您给我五块钱，买碗面吃的。"我上下打量一下他，皮肤黑黝黝，一身灰灰的衣服，一看就是农民工。我想：他是遇到困难了。正当我打算掏钱的时候，他看出我对他的审视，赶快从上衣口袋里掏出身份证，递过来说："这是我的身份证，你看看，我不骗你。"

我哪里要看他的身份证，不就是几块钱吗？但是，心中的疑虑还是有的，就在他开口问我要钱的一刹那，我的脑海里就闪过各种各样的骗术传说。所以，当时下意识地离他远点，把身上仅有的四元硬币都给了他，在他伸出的粗糙手上，我从空中让四枚硬币一个一个掉落他的掌心，生怕他身上携带什么迷惑人的药物；然后像躲瘟神似的离开，完全没有做好事后的快乐。

到了饭店，我急忙把路上的境遇跟同事说，大家异口同声地说：“骗子，一定是骗子，你被骗了。”我反倒心安了许多；我说：“不就是四块钱吗？我这不是还好好的吗？”

时隔多年，事实证明我没有被骗。但我还清楚记得那中年男人向我讨要饭钱的困窘模样，也常常想起自己悬空将硬币给他的滑稽做法，我时常把自己的做法与孔乙己排出九文大钱的动作联系起来，孔乙己是显摆，我是恐惧。

之后多年一直思索着这样问题：尽管社会上有些人在街头假装残疾，甚至把孩子身体里注入安眠药，利用各种恶劣手段招摇撞骗。但是，那毕竟是少数昧着良心做事的人。我们不能因为个别骗子，而误判真正需要帮助的人。

我想：能帮人处且帮人。无论在我生活的城市，还是远在他乡，人与人相遇是缘分，帮助和被帮助也是缘分，更是信任。人的一生，能遇到这样的机会并不多，就像公交车站台那女孩，在车子开动的一瞬间投来的感激的、甜美的微笑，给我留下了不可言喻的美好，温暖着我，快乐着我。如果真的有幸时常遇到那样的微笑，我愿意一路收集，慢慢珍藏。

（原载于2019年10月27日《宿迁日报》）

每天都能见到你

冰冷的雨天，公交车站台未见人多，也难怪，还不到7点钟，多数人还留恋于温暖的被窝，或是还在梦乡吧！

虽说是暖冬，但毕竟已近冬至，站在马路旁的滋味还是不好受的，更何况正下着雨，感觉阴冷阴冷的。站台上几个和我一样的上班族，用焦急的目光不时盯着车来的方向，恨不能马上走进春天般的公交车车厢。

“这样的雨天你还来干活？”突然听到身后一位大姐在和谁说话。“来！这是俺的工作。”转过身去，我看到站台后面一位头戴黄色帽子、身着黄色马甲、弯腰弓背的清洁工人。原来，大姐是在和清洁工人说话。因为那位清洁工人俯下身子，所以，我看不清他的脸，他正在使劲地扫着地面上那些夹杂着泥水的树叶。这时有人在说：“车来了！”我一看，不是我要坐的车，便继续等待。

站台上走了一批人，来了一批人，大家心思都在等车赶路上，谁也没有在意站台后面的清洁工人。雨水飘到脸上，冰凉！身上也感觉到比刚来时冷了许多，我双手插在羽绒服口袋里，下意识地把脖子往围巾里面缩了缩。

就在这时，我感觉到脚下好像有什么动静，低头一看，正是刚才那位清洁工人，他在小心地用一只手捏起一片树叶；因为雨天，树叶紧贴地面，他只能用手去捏，然后装在另一只手拿着的鱼鳞袋里面。意识到我在看他时，他往后退了退，然后又去捡没有站人的空地上的树叶。

车子来了，我上了车。坐在公交车上，心里莫名的不安，那位清洁工人的满脸皱纹和歉意的目光还在我的眼前浮现，老人捡树叶并没有打扰到我，我只是看了他一眼，他却满是抱歉地离开。其实是我惊扰了老人，抱歉的应该是我！

公交车上温暖如春，车上的人们仍和往常一样，专心致志玩手机，偶尔听到有人在谈“网购”，在谈“奶茶妹”。而我，不再有心思拿起手机，一路上都把目光投向窗外，我在寻找路旁那些穿黄马甲的、那些俯下身子扫马路、捡树叶的人们。或许，以前我见过他们无数遍，可是，在每天匆匆来去中，我没有用心去看过他们，没有去想过他们工作的辛苦，更没有和他们说过话，甚至在开车的时候，根本没有在意他们的存在。

今天突然发现，这些环卫清洁工人大都是六十岁左右的老人，他们中有男的，也有女的。是啊！就是这样一个群体，每天迎接黎明，擦亮城市。他们是维护城市环境卫生形象的功臣！刚刚站台旁那位环卫清洁工人的“这是俺的工作”一句话，还在我的脑际徘徊，从老人简单而朴实的话语里，我读懂了老人的内心世界，那是责任与守信，是敬业与自豪！老人不会用华丽的辞藻，不懂什么叫“爱岗敬业”，也不需要诺言，但他们懂得信守责任，不打折扣，脚踏实地做好自己的本职工作，他们言必行，行必果，用实际行动诠释了“诚信”的含义。

以后的上班路上，像有约一般，我的目光总在寻找那些身穿黄马甲的人们，多看两眼那些的弯腰弓背、努力工作的清洁工人。而他们也如约而至，在看似漫不经心工作的同时，总能不时地给行人让路。有时候看到他们坐在马路边，就着冷风，吃着带来的煎饼咸菜。每每这时，我的心里总是涌现出一种尊敬！一份心疼！甚至想去帮助他们！可是我什么也没有做，我不知道我能为他们做些什么！也许，我就只能多关注他们，弥补我曾经的疏忽。也许，我能为他们投以尊敬的目光，他们就知足了！但有一点可以肯定，我从他们身上获得了吃苦耐劳，始终如一，恪守职责，以诚待业的精神财富。

可爱的黄马甲！你是城市永不凋谢的风景！无论严寒酷暑，你在！刮风下雨，你还在！我来与不来，你都在！三百六十五天里，每天都能见到你！

（原载于2017年8月18日《骆马湖文学报》）

邻家月嫂

楼上林老师家的儿媳妇坐月子了。宝宝十二天，我去贺喜。

给我开门的人是宝妈阿娇，刚刚十二天，宝妈身体恢复得特别好，精神饱满，声音响亮。再看宝宝，小脸粉嘟嘟，笑眯眯，睡得正甜。

性格开朗的阿娇自豪地说："看我恢复得怎样？苗条多了吧！"

我说："谁照顾你的？"

"月嫂"她说。

接着她迫不及待地把手机相册翻给我看。你看，这是月嫂给我做的一日三餐。我一看，那简直是开了眼界，第一次知道月子餐可以这么做。绿色西兰花、鲜竹笋，红色胡萝卜、黑色木耳、白色藕片，搭配得当，经典有致；白萝卜炖排骨、红烧鱼、红烧肉、蘑菇鸡汤；蒸山药、蒸烧卖，蒸饺子；米饭上撒着星星点点的黑芝麻，犹如白玉上镶嵌着黑珍珠；紫薯、南瓜、果汁、蔬菜汁等做配料蒸出来的馒头、花卷，赤橙黄绿青蓝紫；三餐不重复，色香味俱全，每天都有新花样。

这么能干的月嫂！我想见见。阿娇边带我去厨房边说："我们一家人都喜欢她，你看，家里被她收拾得多么干净。"

阿娇的婆婆是农村小学教师，白天自是没有时间照顾儿媳妇。公公工作单位较近，每天早起把菜买好送来，剩下的事情就放心交给月嫂了。

整齐干净的厨房里，一位三十多岁，衣着朴素，身材苗条，皮肤白皙的女子正在忙碌着。手里正在做着小猪馒头，餐桌上放着小蜜蜂花卷。看我进来，她一边笑眯眯地和我打招呼，一边不停地忙着手里的活儿。娴熟的动作，慢条斯理的话语，温柔的目光里装满慈爱，很亲切的感觉。

人与人之间真的很奇怪，有时候，短暂的相处，就可以成为朋友。我和月嫂之间大抵就是这样。几句话聊下来，我就喜欢上了她，且主动加了她的微信。

之后，我便常常在朋友圈中关注她的美食图片，真是大饱眼福。同时分享宝宝小右右成长的喜悦，分享月嫂和右右之间互动的快乐，分享着这个家庭的幸福。

要说最喜欢月嫂的人，要数宝宝右右了。小生命来到这个世界，月嫂的怀抱便是她安全的港湾。洗澡、念儿歌、做操、翻身、晒太阳，右右所有的满足和愉悦，都表现在她咿咿呀呀的说话和咯咯的笑声里，还有她那有力的踢腿运动。

一个早晨，我在楼梯口遇见月嫂，她正把洗好的床上用品送到楼下去晾晒。自从月嫂来到之后，阿娇家的阳台上常常挂满洗净晾晒的衣物，打扫卫生活动也甚是频繁。

两天后的早晨，我醒得很早。习惯性翻看手机，月嫂昨天晚上发在朋友圈的一段话，令我突然没着没落起来。

“明天就要离开我的宝贝了！106天的陪伴，是我难忘的时光！从呱呱坠地的那天，一个7.1斤的小美女来到了我的身边！陪你从穿棉袄走到了现在的短袖季节！你和你的家人都把我当成家中一员！还记得你26天的时候，因为我要去香港参加比赛，离开你的第一个晚上，8点多了，你也不睡觉。没办法，你的爸爸大晚上开车去接我。当我进门换好衣服抱你的时候，说了一句：‘右右我们该睡觉了。’你听到我的声音，看了看我，就在我怀里睡着了。那晚我流泪了，你的妈妈也流泪了！

也许好多人不相信，‘那么小的孩子真的懂这些吗？’！不是亲眼看到的也许都不会相信！这样的事情不是一次两次了！

我们做月嫂的就是这样，与一个家庭相处有感情了，因为工作的原因，就要离开去另外一个家庭！一年中不知道要到几个不同的家庭。很庆幸，我遇到了你，遇到了你们这么一个有爱的家庭！爸爸妈妈对我的信任，爷爷奶奶对我的支持和理解！谢谢你们！！！

右右，徐妈妈爱你，祝愿你在以后的道路上平平安安，快乐成长；祝愿你们这么一个有爱的大家庭永远幸福快乐！”

读到一半，我的泪水已经模糊了双眼。我在替右右担心，右右再找“徐妈妈”怎么办？

我在朋友圈给月嫂一个回复：“你要常来看看右右啊！”她回答：“我会的，昨天晚上我没有回去，留下来再陪宝宝和阿娇一个晚上。”我心里一阵温暖，热泪再次涌出眼眶。

尽管这样，我还是满心的牵挂着，满脑子都是月嫂和右右。吃完这顿早饭，她是不是就和右右道别了？她跟阿娇交代那么多，阿娇都记得吗？右右要听话啊，右右又长本事啦，右右要“低调”，“徐妈妈”会常常来看右右的，“徐妈妈”有新的使命了！她对右右说的话，右右能听懂吗？

……

让我欣慰的是，一个星期天的中午，善解人意的林老师——阿娇的婆婆，把月嫂请了过来，还有月嫂的一双儿女，月嫂爱人因为出差没能来。在饭店里，全家人再次相聚在一起。

月嫂在朋友圈发了一组照片，其中，我看到月嫂和右右全家人的合影。

下面写着一段话：感恩遇见一个有大爱的家庭，你们的大爱，教会我如何去做一个更优秀的月嫂。

（原载于2019年9月22日《宿迁日报》）

初心与誓言

2019 年 8 月 16 日，我和宿迁日报社方主任，市老干部局两位领导，走进张明中的家。迎接我们的是张老的老伴。阿姨告诉我们，张老在里屋。

听说我们到来，张老拄着一只拐杖，满面春风地向我们打招呼。听我们说明来意，张老坐下又起身。他认真地说：“我要把 T 恤换成衬衫，带上助听器。”

初识张老，他那认真又谦和的态度，让我心生敬仰。

艰苦岁月，初心不改

出生于 1931 年的张明中，今年已 88 岁高龄。他虽然腿脚有些不好，但精神很好，特别说起他的工作，似乎一下子回到青春时光。

1948 年 10 月，宿迁刚刚解放两个月，民主政权建立。17 岁的张明中，走上了教师岗位。提起那段教学经历，张老沉重的语气把我带到那个艰难岁月。骆马湖的大水冲淹了整个宿迁，百姓颗粒无收。学校没有像样的教室，没有课本，没有桌椅，教师没有工资，买上一盒粉笔都很困难。

身为校长的张明中自出办公费，带领老师自编教材，在墙上写字。并挨家走访动员孩子读书识字。

1949年7月，张明中加入了中国共产党。做了10个月教师的他，被调到当时的苏北运河区做文教助理。1951年年初，又调到通讯站做副站长，办公地点设在宣传部。没有人手，通讯报道工作他就一人包揽。1954年又调到区文教科做一名科员，再次继续了他的教育梦想。

1956年张明中被调到县委主办的《宿迁报》任副总编。说到办报纸，张老感慨颇深。4个人撑起一个报社，困难可以想见。报纸，讲究速度，讲究时效性。新闻从哪里来？南京的《新华日报》要隔一两天才能到宿迁，转载新闻肯定不行，怎么办？为了最快把新闻传递给群众，只好每天晚上10点后，安排人员收听中央广播电台二套记录速度播读新闻，然后连夜转到报纸上。

这份名列江苏省县报第二名的《宿迁报》，就是这样诞生的。

1957年1月，张明中调宿迁县委办公室任副主任，这一干就是8年。这8年，经历了大跃进，三年自然灾害。有四年时间，张明中主持县委办工作，配合县委主要领导，带领宿迁人民，迎接挑战，渡过难关。特别是骆马湖移民问题，张老说："那可苦死啦！你想象不到啊！为了让骆马湖成为蓄水库，五万多骆马湖人从膏腴乐土，搬迁到黄墩湖贫瘠之地，过上缺吃少穿的生活。"那种流离失所的悲凉与沧桑，张老至今说起来，还有揪心的疼痛。

1964年11月，张明中任县教师进修学校副校长。经历文化大革命，期间张明中下放两年多，后回到农工部工作。

1981年，张明中任县政府办公室主任。

张明中二线退于宿豫区计划委员会。1992年4月，61岁的张明中离休，他艰苦而无悔的工作生涯画上一个圆满的句号。

化作春泥，无私护花

告别工作生涯，张老陪陪老伴，带带孙子，享受天伦之乐，一度感觉轻松许多。

然而，不到半年，张老心里开始不安起来。用他自己的话说：“只拿钱不做事的日子，真的说不过去。”

还记得刚参加工作时，没有工资，克服重重困难，带领师生学习劳动；还记得入党时刻的铮铮誓言，一心为人民的初心；还记得和宿迁干群从艰难困苦走向艰苦奋斗的历程。如今，日子好过了，党给予这么好的待遇，自己刚过60岁，身体还好，还可以尽点力啊！

“落红不是无情物，化作春泥更护花。”社会责任呼唤着张明中，他开始关心社情民意，走上了建言献策的道路。

九十年代宿迁，还比较落后。张明中看到新盛街到环城北路段，路两旁的居民居住条件差，家庭没有卫生间，路边上有公厕，但是没有路灯，夜晚漆黑一片，给居民带来不便，阴天下雨更是苦不堪言。当时宿迁主城区正在搞亮化工程。张老以《亮化与路灯》为题给县委领导写了一封信。不到四个月，两公里多的老城区装上了路灯，张老欣慰不已，专门骑自行车一路欣赏。

随后，张老关注宿豫区文化建设问题，尤其是老年人的文化生活问题。张老一封《推进老年文化建设，打造宿豫知名品牌》的建言信，得到区领导高度重视，并予以批示。张老说：“老年大学建设要打造成宿豫品牌，区老干部局从2002年开始，成立《夕阳红》报道组。我们何不办一份老干部自己的刊物呢？”在张老倡导下，2003年春天，《宿豫老干部》问世。“办刊无报酬，写稿无稿费，读刊全赠阅。”这是张老和他的一群办刊老干部立下的条约。这样无私奉献，历时15年，出刊143期，约230万字。15年，张老组稿，审稿，改稿处处把关，他付出了心血，也融入了深厚的情感，写下了《办刊百期话“有为”》一文。讲到这里，张老说：“老干部发挥余热，最根本靠的是政治觉悟，社会责任感。”

宿豫区门球场的建设，是张老心系宿豫老年人健康的一件大事。张明中为了扩建门球场，让老年人有一个舒适、实用、美观的锻炼场地，到处筹集资金。共需 15 万元的费用，张明中找到两个企业赞助 7 万元，剩余资金由区门球协会争取。球场建成后，张老自己拿出 2000 元钱请客，酬谢支持建球场的企业领导。为了门球场钢架大棚建设，张老又请老伴的亲戚帮忙，经过多方协调，终于在门球场上方建成了 1100 平方的较高规格的钢架大棚。

骆马湖移民，是张老心里抹不掉的记忆。他认为那段历史，应该流传后世，给移民后代留点永久的纪念。2015 年 10 月，张老约四名年近九旬的离休老干部，商讨编纂一部《骆马湖志》。张老的想法得到老同志积极响应，当即表示全力提供保存的材料，然后根据个人记忆，撰写整理，最后由张明中，蔡鸿学，丁超明组成小组，商请区史志办承担“修志”的编纂及联系出版工作，征得市、区领导同意和获得资金的支持。后因“修志”牵涉面广，工作量大，要求高，史志办公室人手不够，对这些老人来说无疑是重荷，因而把“修志”改为编纂《骆马湖记忆》。

历时 3 年，张老带领几位老同志，筹集资金，搜集整理资料，调研，编写。35 万字的《骆马湖记忆》于 2018 年年底初稿完成。

值得高兴，《骆马湖记忆》清样已出，我们将很快看到张老为骆马湖移民倾情付出的愿望得以实现。

面对荣誉，满心遗憾

走进张老书房，看到书架上，书桌上，床上，书柜里，摆满整齐的书籍。还有奖杯，市、区领导来家看望张老的照片。翻开一摞大红色的奖状，看到张老的一张张来自省、市、区的荣誉证书。“群众身边的好干部”“四好党员”“全省离休干部先进个人”。张老抚摸荣誉证书，手有些颤抖。他说：“这些荣誉，都是上级领导对我的肯定，只可惜我不能再回馈社会了。”

在书房，除了看到张老倾注心血的《宿豫老干部》，还有一本我特别熟悉的杂志——2019 年第一期《宿豫文艺》，我告诉张老，这是我现在参与编辑的杂志，我指给张老看我的一篇文章。张老说，我正想告诉你们，以后不要再给我寄了。

在我采访即将结束的时候，张老感慨地说：“组织给予我的荣誉很多，我做得不够。遗憾的是，我这腿不行了，行动不便。眼睛也看不见，左眼视力 0.2，右眼因为高血压造成失明，25 年了。其实我这心里啊，还想为社会再尽一点力。”

听到这里，我突然眼眶发热，眼里噙满泪花。我以为，我身边这位精神矍铄、说话坚定有力的老人，这位 70 年党龄的老党员，老干部，在他 86 岁高龄之前，为宿豫的文化建设，宿豫的老年文化事业，为宿迁的骆马湖移民和宿迁人民的幸福时刻牵肠挂肚，为宿迁的美好明天，和宿迁干群风雨同舟谋发展，做了那么多文字工作的老者，有一双健康的双眼，有一个结实的身板。

突然明白，张老不让我们再寄杂志的原因，老人为社会用了近 70 年的眼睛，读书已经是奢望了。

那一刻，坐在张老身边，浑身有无穷的力量；这力量，将激励着我为社会、为人民、为祖国的明天更美好，不懈追求、砥砺前行。

（原载于 2019 年 10 月 25 日《宿迁日报》）

四十三载尘与土　初心不改终无悔

初秋一个凉爽的早晨，我按电话预约的时间地点，来到丁超明住地。远远地看到一位身材高大，头发发白的老人站在那里，我想那是丁老。我很感动，便举手向老人示意。丁老高兴地说："我怕你不好找。"

丁老的客厅简单朴素，几张九十年代的木制旧沙发，油漆剥落，斑斑点点。茶具，藤椅，都带有那个时代的烙印。唯有那一摞摞书籍，一叠叠报纸，证明丁老的"陋室"不陋。

今年 87 岁的丁老，身板挺直，说话声音洪亮。丁老的老伴热情地拉我坐下，丁老边给我倒茶，边谦虚地说："我文化水平不高；四十三年工作生涯，很平凡，做的都是些微不足道的小事。"

我从丁老平凡的故事里，看到了一位老党员的革命本色。

少年壮志不言苦

1948 年秋天，16 岁的丁超明经历了苦难与战乱，终于迎来了家乡的解放。小学毕业的他接到区里"为家乡办学"的通知。丁老说："那时，所有家庭都处在饥饿中，教师课余带领学生拾草，挖野菜。只有孩子有野菜带回家，家长才更乐意让孩子上学。”1950 年春天，丁超明调到张宅小学，每个周末步行 8 里路回家，第二天带点煎饼作为一周的干粮，返回学校。三年的教学经历，虽然没有报酬，但他是用心为党、为家乡人民做事的。

1951 年 9 月，丁超明调到运河区临运乡做乡长。那时候叫“小乡”，属于县、区以下，相当于今天的“村”。那年，丁超明才 19 岁，人都称他“小乡长”。就是这位小乡长，凭着“初生牛犊不怕虎”的精神，为群众撑起一片天。

从教师到“小乡”干部，一切从头学起，不分白天黑夜。有时到县或区里开会至深更半夜，他硬着头皮，一个人行走在荒郊野外。有一次，会议结束已经 11 点了，他把区里的一杆枪扛着壮胆。那时候，硬是把胆量练出来了。

1951 年到 1952 年，作为乡长的丁超明，年仅 20 岁。他看到群众极度困难，面临生存危险，心急如焚。丁超明说：“每天都要查看灾情。尤其是冰冻雪雨天，大雪封门时，随时都会有饿死、冻死、房屋倒塌砸死的可能。”尤其在夜晚，丁超明更加担心群众安全。他穿着单薄的衣服，顶着刺骨的寒风，在村上 49 户之间，来来回回地挨家挨户查看。有时脚上的草鞋走坏了，就赤脚走在雪地里。他要把有限的救灾物资，发到最困难最急需的群众手里。

三次抗洪不言累

艰苦的环境，锻炼了“小乡长”的工作能力。1954 年到 1956 年，当时的“小乡”合并成“大乡”，1956 年年底，小乡不再存在，丁超明被调到皂河乡任团委书记。

曾经的闫集、皂河，都属于黄墩湖洼地，是宿迁的“西伯利亚”，人人皆知的“锅底洼”。黏土地，水患多，丁超明三次抗洪，经历了生死的考验。

1957年，沂蒙山普降暴雨，洪水袭来，骆马湖水位很快超过警戒线。抗洪，保堤，保障群众生命安全，迫在眉睫。丁超明负责七个村庄六百多户人家转移工作。可是，村民守住家园的心情早已超越了对生命的珍惜。有的人宁愿爬到桌子、房顶上，也不愿撤离。丁超明一边做思想工作，一边带领乡村干部，转移老人和孩子，几天几夜不合眼，终于把滞留在低洼水里的人员拉上船，转移到安全地带。

紧接着黄墩湖破堤分洪，一个多月时间，风里雨里，泡在水里，睡在水边，紧张战斗，丁超明患上了伤寒，四十度高烧不止，滴水不进。西医治疗不见效果，只好转到县医院。丁超明严重的病情引起区领导的高度重视，当即寻找到皂河一位有名的中医，用了7天中药治疗，终于把丁超明救了过来。丁超明说，如果不生病，我是不能离开群众的，群众安全受到威胁，房屋随时可能倒塌，我必须和他们在一起。

十年考验志不移

丁超明自幼受到母亲教育和影响，经常陪伴母亲掩护和转移革命同志。青年时代的丁超明积极要求进步。1949年3月，丁超明参加了中国新民主主义青年团。接下来，丁超明开始向党组织递交入党申请书，表达自己积极进步的想法。可是，那个特殊的历史时期，丁超明入党问题经历了一波三折。

有人怀疑，1947年，15岁的丁超明在铊头小学读书期间，可能参加过国民党的“三清团”。

1952年宿迁县整党，县委派人到运河区排查情况。当时对丁超明读书的学校老师、同学都进行了解，唯有一位学校领导不知去向。这给调查工作带来了难题。尽管丁超明各个方面都很优秀，但是，最后一个证明人找不到，案子不完结，就无法证明丁超明的清白，无法解决他的入党问题。

1958年，在皂河工作的丁超明，了解到1947年自己读书的小学那位不知去向的负责人在常熟，便向镇党委汇报，镇党委立即派人到常熟找到那位知情人。调查证实，丁超明根本没有加入“三清团”的组织。

“精诚所至，金石为开”。当“取消怀疑，大胆使用”八个字呈现在丁超明眼前时，两行热泪涌出，说不尽的感激与激动。

从1949年开始，丁超明写了10多份入党申请书，历经10年考验，终于在1959年9月如愿以偿地成为一名中国共产党党员。

十年，丁超明不气馁，不放弃。无论工作，学习，个人作风方面，他都更加严格要求自己，始终以一个共产党员的标准要求自己。

2011年，丁老为此写了一篇《十年考验终如愿》的文章，发表在《宿迁日报》。

丁老说：“十年考验，对我也是锻炼，也为我的一生打下了坚实的思想基础。”

永做百姓守护神

丁超明在闫集工作15年，坚决抵制吃喝风。他把群众的呼声，放在心上，落实到行动上。他下定决心，不损害群众的利益，不收群众一分钱，不吃群众一顿饭。

丁超明和领导班子约定，任何人调动，坚决不送行。后来从政协离开到粮食局，再到退休，丁老一直坚持这个原则。

在闫集乡工作期间，全乡有三分之二熟人。丁超明只谈公务，不谈亲戚关系，做到清清白白，甩开胳膊干工作。

有一次，丁超明阑尾炎，到闫集医院住院，临行的时候跟主持工作同志说，任何人不准去看我。

因医院条件有限，外请黄墩医院外科医生来做手术。一个小时的手术，使得血压升高，心跳加快。医院只好电话通知上级领导，组织部紧急派人接他住进县医院。半个月后，因医院床位紧张，便到附近亲戚家住半个月。

这期间，按他要求没有一个人去医院探病。后因手术造成肠粘连，回家吃药休息。当时刘店大队有三个生产队长，有事要到家里商谈。他们再三商量，觉得不带礼物不合适，带了又怕批评，最终知道丁超明的“脾气”，还是空手会面。

调离闫集乡前两天，丁超明把十二个大队和社直机关跑一遍，看一看相处 15 年的群众，到机关交代一下自己放心不下的事情，再看一眼他走过的泥泞小路，赤脚劳动过的农田。群众握手送别，依依不舍，却不能留老书记吃一顿饭。

退休后，丁超明在政协文史办义务帮忙三年，因为照顾 90 岁高龄的老母亲，他辞去工作。回家后，丁老仍然心系群众，关注社情民意，做群众代言人。当时，粮食仪表厂宿舍前，有两米宽的巷子，竖着几根电线杆，居民出行、拉煤买米通行困难，黑天更不好走。丁老带领两个邻居，到供电公司反映情况，一周后得到解决。

项王路黄河桥东，多年没有慢车道，易发事故。丁老一封人民来信写给当时的常务副市长，很快得到重视，并落实解决。

丁老还说：“群众有困难有呼声，只要用正确途径反映，一定会解决。”

可敬的是，丁老退休后，写了 45 篇随笔，其中有丁老峥嵘岁月的记忆，幸福生活的记录，身边好人好事，还有他亲爱的家人，他深感愧对的妻子，已故的母亲。

临别丁老，我表达了敬佩之情。丁老说：“都是应该做的小事。”

我感慨地说：“说起来是小事，坚持起来不容易！”

（原载于 2019 年 11 月 8 日《宿迁日报》）

那个给我们指路的韩国老人

到韩国旅行的第二个晚上，回到宾馆，大家都很兴奋，没有要休息的意思，不约而同地从房间出来走走。在宾馆大厅，我们集聚在一起，有三十人左右吧。其中一位领导说："我刚才在门口遇到一个中国人，他告诉我说，顺着宾馆前门向左走，二十多分钟的路程，能找到一个超市，我们去逛逛超市吧！"大家听说逛超市都很兴奋；要知道在一个语言不通的国度，想找个什么地方是很难的，看不懂文字，看不懂标志，向人打听又不会韩语；虽然导游教了我们几句韩语，但那些都是问好或者问价钱、讲价钱之类的简单语言。现在听说可以找到超市，而且到超市可以不用问价钱和讲价钱，更重要的是超市的东西比较便宜，怎么能不兴奋呢？

我们一行二三十人真的就顺着宾馆门前的路向左走去，大家几乎是一路小跑，有说有笑。走到第三个红绿灯路口，还没看到超市，心里有些打鼓。在第三个路口等绿灯时，我们身边来了一位韩国老太太，我们想问问她，超市在什么地方，可是，"超市"的韩语该怎么说呢？其中一位同行者灵机一动说："有了，用英语问，e-market（超市）。"一位同行的英语老师便走上前去，对老人笑笑，朝我们前行的方向指着说："e-market。"

老人一下子听懂了，用手朝着前方一指，口里不断地说着“嘚……嘚……”她大概发着这样的音，但那声音在她的口里打着转打着卷，好像一串冰糖葫芦从她口中蹦出，在她发出这样一串串声音时，还将手垂下，由后向前不断地挥，重复好多次；然后再说一些我们听不懂的韩语。其实，她第一次说的语言和指的动作，我们都明白了，那是“一直往前走就到了”的意思。但那老人却热情地、不厌其烦地告诉我们，生怕我们听不懂，生怕我们这些“外国人”找不到我们要去的地方。其实我们真的没听懂，我们明白的是她的手势，更明白老人一颗热情的心，和对国外友人的一份深情帮助！

在老人给我们指点的过程中，我观察了老人，她六十多岁的样子，皮肤白皙，干干净净，精神抖擞；在我们和她挥手示意再见时，她笑得很开心；在我眼里，也很动人。当我们走过绿灯再回头看她时，她还在等绿灯，等着她要去的方向。璀璨的灯光里，她年轻、漂亮、精神，犹如一尊女神，伫立在街头。

写于 2009 年夏

第五辑　乡情悠悠

布谷声声

母亲人在城里，心在老家。门前一方小菜园，种瓜种豆，四季常绿，隔三差五回家看看。这几日大雨小雨不断，急坏了母亲，嘴里总是念叨：“熟了熟了，要摘毛豆了。”

今日有空，便陪父母回老家摘豆子。园子里有豆有瓜还有葱，毛豆角鼓鼓，甚是喜人；冬瓜南瓜疯长起来，绿色溢出菜园，爬上藤蔓，爬上树梢。

母亲忙着摘毛豆，父亲要去稻田里看看。我看到篱笆上高高挂着大大小小的四季豆，便去拣一些嫩的，摘下来。我问母亲：“这么多四季豆都老了，怎么没有人来摘去吃呢？”母亲说：“谁家没有呢，村上能有几家有人呢？”

母亲说的是。整个村庄静悄悄的，许久没有见到一个人影。一排排红砖红瓦的小院，悄悄地掩映在高大的柳树下面。邻家的菜园里，黄瓜一条条挂在瓜架上，似乎许久无人问津，一棵伸出院子的大桃树，遮住了半边天，上面结满黄色桃子，有的红了，有的满是虫眼，有的掉在地上。亭亭玉立的玉米在蒸腾的暑气里，还在努力向上拔节。

偶尔也能听到一两声狗叫。村子里还是有人的，多数是老人，这些庄稼，大多是老人种的；年轻人大都在城里，在县城的偶尔回家看看，远居大城市的回家更是稀少。

突然，天空中传来布谷鸟接连不断的叫声，声声凄厉。这久违的声音，穿越时空一般，那么熟悉，那么亲切，又那么心酸。

忆起童年，布谷鸟叫声都是在小满忙种之前到来，每每听到这声音，我都会去天空寻找它的影子。但是，声音从遥远的地方传过来，总是找不到它的踪迹；偶尔看到一回，总要拉着祖母一起看它，能和我一起分享的人也只有祖母。父亲在遥远的地方工作，母亲总是去生产队里干活，祖母负责耕种门前屋后庄稼地和做饭，还管理着我和弟弟们，还有叔叔家的弟弟妹妹。以祖母为中心的大家庭，和我同辈的七八个小孩中，我是老大，母亲常常让我帮忙干活，祖母却舍不得，还时常给我讲故事。

那一次，我拉着祖母问："鸟儿说的是什么？"祖母认真地给我讲了一个凄凉的故事："从前，有个童养媳妇，十几岁嫁到婆家，婆家就把她当大人使唤。婆家是个大家庭，每天都有几十口人吃饭，婆婆每天都让这小媳妇拐磨。拐磨，和推磨是不一样的，那磨也分上盘和下盘，但只能一个人握住磨轴，架起两只胳膊，用力地让上盘磨转动；谷子倒进磨眼，磨出的面粉，或者是面糊糊就顺着磨心向四周流出。小媳妇整天地磨，每天要磨很多谷子，总也不够一大家人吃的。恶婆婆不给小媳妇吃饭，瞌睡了还要挨打。一天，小媳妇连累加饿不行了，就偷偷吃了一口面糊糊，被恶婆婆看到了，婆婆就往死里打，小媳妇活活地被打死在石磨旁。婆家没有通知小媳妇娘家人，草草地将她埋了。第二天，一只灰色的鸟在这家上空盘旋，嘴里滴血，叫声凄厉，不停地喊着：'拐拐拐谷，拐拐拐谷'。吓得恶婆婆不敢出门。乡邻说是这家小媳妇来喊冤了，人们都叫它'拐谷鸟'。"

祖母看我睁着大眼，满脸疑问地望她，就接着说："它说的是'拐磨拐谷子'。"

在这青黄不接的季节，我很饥饿，加上祖母的故事，更让我悲从心来。心想长大一定不能当小媳妇，不要恶婆婆。我就跟着祖母，吃着榆钱叶玉米面子饼，心里也美滋滋的。

上小学的时候，我们好像能吃饱饭了。春天的田野长满青草，我每天下午早早放学，就和小伙伴们一起去割猪草。一望无边的田野里，是我们这群无忧无虑的孩子们撒欢的地方。男孩子去寻一些野蒜来吃，女孩子就跑到稀疏的油菜花地里，掐几朵油菜花戴在头上。男孩子们特会寻吃的，看我们女孩子采菜花，他们就跑来捉蜜蜂，用镰刀尖刮蜜蜂肚底的蜜吃。这时候，天空传来布谷鸟的叫声，大家就一起学布谷鸟叫，布谷鸟叫一声，我们就跟着叫一声："拐拐拐谷"。脸仰向海蓝的天空，看鸟儿在白云间穿梭，我们就像小鸟一样，挥舞镰刀、篮子，跟着鸟儿奔跑起来，跑到很远很远的地方，直到布谷鸟停歇，我们也就坐在地上歇息，对着远方地平线上那火红的晚霞唱歌：

"我是公社小社员啊，小社员哪，
手拿小镰刀哪，身背小竹篮哪，
放学以后去劳动，割草积肥拴麦穗，
越干越喜欢，哎哟嘿，哎哟嘿，……"

吃过了，玩过了，疯足了，开始割猪草。在无际的长满盐碱的田地上，庄稼长得稀稀朗朗，却遍地都是我们喜欢的"扁扁红"草，这种草，嫩嫩的，猪喜欢吃。一会儿篮子满了，朝着炊烟的方向，寻着大人们的呼唤声，赶快回家。领头的大一些的孩子，一边走一边计划着明天放学后去割草的地方。每逢这时，我总是期待明天，期待那蓝天，那鸟儿，那花儿。

上中学时，我在书本上学到关于这"拐谷鸟"的知识，其实，它的学名叫大杜鹃，别名郭公、布谷、鸠、喀咕，也叫子规。不知道从什么时候起，人们就叫它"布谷鸟"了。

我喜欢“布谷鸟”这个名字，因为，布谷鸟是勤劳的象征。宋代的蔡襄有诗云：“布谷声中雨满犁，催耕不独野人知。荷锄莫道春耘早，正是披蓑化犊时。”诗圣杜甫的《洗兵马》中也有一句“田家望望惜雨干，布谷处处催春种”。春天来了，布谷鸟催促人们“快快布谷”，人们便走向田间，开始播种；小满过后，布谷鸟在天空喊着“快快收割”；农家有句谚语是“蚕老一时，麦老一晌”。布谷鸟的叫声，增加了农人的紧迫感，不能让麦穗掉头，不能让雨水淹了麦子，跟着布谷鸟的节奏快快抢收麦子，确保颗粒归仓。所以，在我心里，布谷鸟不仅象征勤劳，还代表春天、希望、幸福、吉祥。

大多文人为了表达离别愁绪，更喜欢用“杜鹃”“子规”这个名字。

南宋词人朱希真的“杜鹃叫得春归去，吻边啼血苟犹存”。苏轼的一首词：“山下兰芽短浸溪，松间沙路净无泥，潇潇暮雨子规啼。”文天祥《金陵驿二首》：“从今却别江南路，化作啼鹃带血归。”每每读到这样的诗句，我又会想起祖母那凄惨的故事，那故事在我心里总有化不开的情结。虽说我们早已走进盛世年华，过上富裕美好的生活，人们开始追求品位生活，精神享受，而那带血的故事和传说永远只属于那个饥饿的年代，属于历史。但是，有关子规引发的别情愁绪却永远烙刻在我的心头。

眼前这空空荡荡的村庄，异常寂静。布谷鸟在村庄上空叫了许久，没有人去理会，也没有一群孩子出来呼应它，学它的声音。还记得从前，有时候回娘家来，村头总有一些大人孩子迎过来，大爹大奶喊我乳名，叔叔婶婶逼着孩子叫大姐，孩子们有喊姐姐有喊姑姑的。每次都热情得叫我不好意思，而我也亲亲地喊着他们，握一握他们的手，问一声他们身体可好，问问三婶堂妹可曾回家来。如今，老家真如母亲说的没有几个人了吗？

三婶，我想到了三婶。我的三叔几年前去世了，三婶的大女儿前几年也病逝了；小女儿——我的堂妹在南京打工，一年回不了几次家；两个儿子，一个在县城，一个在镇上，三婶一个人种点园地，替两个儿子看家。我想，三婶一定在家。正想过去她家看看，三婶拄着拐杖向我走来。

我喊了声“三婶”，心里涌出复杂的情绪；三婶年轻时候会唱歌，在宣传队里蹦蹦跳跳的，日子虽然过得穷些，可是三婶乐观，不会发愁，成天乐呵呵的。祖母曾经半开玩笑地骂她“不知愁的傻女人”。可是，今天看到的三婶，头发全白了，脸上的颧骨凸出，拄着拐杖，腿有些弯曲，走起路来颤颤巍巍。上次见到三婶，是半年前，三婶心脏不好住院；半年时间，怎么三婶一下子老了？我扶着三婶坐下，问她还能种地吗？三婶说，能。是的，三婶虽然身体不好，还有腿疼病，但种菜、照顾自己还是可以的。叫她不种地，她也受不了那份“闲罪”，就像我的父母，住进城里，还要回家种地。他们这一代人，离不开土地。

说到孩子们，三婶很知足，两个儿子都过得不错，一个孙子是老板，一个孙子在读大学；只要孩子们在外面过得好，她就开心，她就安心守着这个家，守着这片土地。

三婶说，老家要拆迁了，你要常回来看看，不然以后就没有家可回了。三婶的话让我心里一阵酸楚。老家再旧再破再没有人，也比没有好啊！真要有一天，再也没有家回了，我到哪里去寻根，寻找生我养我的这片土地？

我对三婶说：“三婶，我会常来的。请您对小妹说，常回家看看，到时我们一大家聚聚，就在您的院子里。”

对三婶说这话时，眼里已经噙着泪水，脑海里浮现柳永《安公子》两句诗：“听杜宇声声，劝人不如归去。”

突然觉得，这泥泞小路，这一排排老屋，这院子前前后后的菜园、果树，还有布谷鸟的叫声，都倍加亲切起来，那些老屋都像是我的亲人，静静地等候我归来。

（原载于《北京文学》2020 年第二期）

河水清清

利民河从我的小村庄前蜿蜒东去，在我还不知道中国有长江、有黄河的童年，利民河就是我心中最大的河流。

清清的河水一年四季缓缓流淌，她像母亲一样，养育着村庄，养育着村庄上的人们。她给村庄带来了灵动，带来了希望，给我贫瘠的童年带来了无限的欢乐时光。

春天的利民河，鸟语花香。两岸的松树、柳树、洋槐树，枝叶繁茂，郁郁葱葱。树木把河水染绿，把村庄染绿。每天，太阳刚从东方升起，安静的河边开始热闹起来了。妇女们端着洗衣盆，从小路上、从菜园边走来；不一会，码头上就摆满了花花绿绿的衣服；一群叽叽喳喳的小媳妇，一边洗衣服，一边说笑话，阵阵笑声回荡在宽阔的河面上。挑水的男人来了，女人们说话声音小了，笑声却顶破了天空。

接下来，婆婆妈妈们开始淘米、洗菜，给下地干活的劳动力准备午饭。对岸也有人在淘米洗菜，她们就隔着河聊天，比一比谁家的菜长得好。刚从菜园里拔出的蔬菜，经过河水的清洗，嫩生生的绿。各家的菜或许不同，你送我几棵葱，我给你几个萝卜。河水是村庄的，一家的菜也是全村的。

夏天的利民河，既是大人们的，也是孩子们的。热辣辣的太阳炙烤着大地，孩子们趁大人们不在，趁着打猪草的当儿，一个个跳进河水里，一个猛子扎下去，远远地看到水哗哗的脑袋探出；在你还没有看清楚是大毛还是二狗的片刻，鲇鱼一样他又不见了。生长在河边的孩子，都是凫水的好手。唯独我们这些女孩子，不敢下水，就在河边的树荫下做一些与砂礓有关的游戏，那时候叫“拾羊窝”。这种游戏很简单，在地上画圈圈，把砂礓放在里面，看谁能把圈圈里的砂礓先赢出来，就是胜利。砂礓可就地取材，河里岸边到处都有。鹅蛋大的砂礓，奇形怪状的，我们不去捡它；有麻雀蛋大小的，常年被河水冲刷变得圆润，如海边的卵石，便是我们“拾羊窝”最好的选材。

经常听大人提醒，小闸放水了，少去河边。“小闸”就是离我们家七八里地的上游，有个蓄水闸，每年初夏，农田需要灌溉，便开闸放水。

所以大人们一般不让孩子自己去洗澡，尤其是夏天，水位高，清清的一河水；河水越深，水草越旺盛，有时候看到水里一晃一晃的肥硕水草，我都把它想象成水蛇。所以孩子们洗澡，大人总是不放心。但是，哪里管得住？男孩们洗澡的快乐更来自于被鱼儿撞一下，或者从水草窝里摸出一条鱼来，那个兴奋劲儿啊，必须吼两嗓子才过瘾。

但是，大人也会偷洗澡。有一年夏天，听我的邻居二玲说，河里有两个洗澡地方，村东的码头是男人天然澡堂，村西头还有个“女澡堂”。谁都知道，男人无论白天晚上，穿着短裤就下水了，一天洗几次，来去自由。女人还能下河洗澡？后来才知道，爱干净的女人，已经不满足于每天晚上在家里烧热水擦澡了。那么干净的河水，谁说只有男人才能享用的？

秋高气爽的季节，河水没有夏季那么多。鱼儿却欢快起来了。鱼儿咬着水草，追逐嬉戏，好不热闹。这时，一张张河网便架在河上。网到的鱼不是卖的，网就放在那里，人该干活干活。谁家想吃鱼了，就到河边随便哪个网里取一些，所以村上家家有鱼吃。所有渔网都架在河面一半，鱼不会被一网打尽，网网都有鱼，足够村上人吃的。下游，还有下游的下游，总是有鱼。

冬天的利民河，河里结了厚厚的冰，两岸树木大部分落叶归根，但松树依旧绿得可人。下雪了，我总喜欢跑去河边。河面、坡上、堤上，白皑皑一片。松树变成了层叠的山峰，跟画上一模一样。我在积雪的河堤上跑啊跑，累得气喘吁吁，直到红色围巾掉落在身后一串深深的脚印上。

八十年代初，我从村庄走出，到父亲所在的城市读书。有一段时间，我特别想家。我默默地问自己，我想家人吗？父亲在我身边，母亲常来看我，我第一次知道，想家的真正滋味，不是想念一个人。我想家乡的一草一木，想念家门前的那条河。我知道，利民河边长大的我，河水早已融入了我的血脉。

回到村上学校工作的时候，我给学生上的第一堂课，就是先介绍校门前的利民河。告诉他们利民河是大运河的支流，引入大运河水，最终汇入六塘河。她的作用是排涝和灌溉。在我童年时候，为了保证河水畅通，有几个冬天，乡里集中人力“扒河”，清除淤泥。现在因为两岸树木繁多，河坡植被好，水草、芦苇都起到净化水质的作用，所以河水总是清澈甘甜，请同学们爱护利民河。那时，学校虽然有水井，孩子们却喜欢去利民河边淘米蒸饭，一边淘米，一边看成群的鱼儿在水下嬉戏，顺便再摘几片芦叶放在饭盒里，蒸出来的米饭香气扑鼻。

不久，我遇到了我的先生，我们恋爱了。一天放学后，校园里静悄悄的，他邀请我去利民河边走走。深秋的河畔，凉爽、干净，吸进肺腑的是浓郁的青草香味；我们坐在草地上，面对河水，他不说话，我也不说话；我们听秋虫在呢喃，听流水在诉说，星星一样的野菊花一眨一眨的，调皮地对着我们笑。

我和先生结婚后，先后调离村上学校。那几年，村上乡亲实现了电灯电话的梦想，许多人家盖起了楼房，家家户户都打了水井。利民河的水就用来浇菜，灌溉水稻田。生活富裕了，白色垃圾变多了，村民不懂得爱护河流，河坡一度成为垃圾站。

河水受到污染，引起了地方政府和水利部门的高度重视。很快，河流治理工作开始了。经历整治后的利民河，迎来了文明的春天，河水清清，两岸绿意盎然。

随着“河长制”的建立，给利民河带来了长期有效的保护。喜欢钓鱼的父亲打电话告诉我，现在的利民河鱼儿多了，特别鲜嫩呢！

接到父亲的电话，今年春天，我和先生驾车回家一趟。这一次，我们为利民河而来。村上老人居多，他们种菜、养鸡、看书、听音乐、唠嗑。门口道路干净，路旁摆放着几个绿色垃圾桶。向河边望去，绿色菜园连着利民河绿色长廊，微风拂过，绿浪涌动。

站在桥上，倚栏凭望，两岸的树木比以前更高大了，稠密了，葱绿了。这绿水，这倒影，突然让我想起桂林的阳朔，想起阳朔的遇龙河。

先生说：“遇龙河哪有这么美。这里，没有游客惊扰，没有人工刻意改造，这是自然风光，是世外桃源，是福地。利民河两岸村民真有福气！”

我笑着说：“谁不说俺家乡好！”

（原载于2020年3月21日《宿迁晚报》有删节）

印象复隆镇

复隆镇其实是一个村，地处宿迁市宿豫区仰化镇边缘。之所以称之为“镇”，因其历史渊源。

据说，这里原来叫林家庄，清初，这里建有一个小规模的皇家军营，主要作用是维护运河航线上的社会治安。后来乾隆皇帝乘船南巡，督臣奏请将军营旧址林家庄添建行宫，改建后的皇家军营成了气派的乾隆皇帝的行宫，从此，林家庄军营改名为林家庄行宫。

当时有一个林姓商人长年在外经商，腰缠万贯，在当地被称为首富。乾隆行宫建起后，他抓住商机，在行宫北面盖起了一座很大的杂货铺，并广采南北货物，招来了南来北往的商人。一些商人见这里的商气集聚，就纷纷到这里做生意，当时住在行宫铺附近的百姓人家，房屋被租赁一空，慢慢地形成了一个自然集市。

乾隆第一次在林家庄歇脚时，晚上进入村庄，村庄里灯火通明、人来人往、生意兴隆，乾隆随口说，这个村就叫兴隆村吧，于是这个小村从此就叫兴隆村。后来乾隆又到过这里几次，每一次到来都感觉不如第一次那样兴隆，感觉大清江山似有衰败的迹象。为了图个吉利，让大清江山能在他的统治之下兴旺，又赐名小村为复隆村，希望小村与大清江山一样能再次兴隆昌盛。

民国十年左右，村上的张姓大户人家在自然集市南端建起了几个大的商铺，为了纪念乾隆的赐名，将复隆村说成是“复隆镇”，并将“复隆镇”3个字高挂商铺之上，“复隆镇”的叫法从此广为流传，直到今日。

八十年代初期，缘于父亲的世交友人住在复隆镇，我曾经在暑假去过一次。记得小村不大，一排排低矮的四合院式的平房，白墙红瓦，排列整齐。家家户户门前都有偌大的菜园，一方猪圈，一个有房顶的厕所（那时候农村的厕所基本都是露天的）。小村庄整洁、文明，祥和、安静。

紧邻小村的东面，是一个自然小集市，路两旁摆满各种各样的蔬菜，滴翠的黄瓜、长长的豆角、通红的番茄、肥硕的四季豆、清香的韭菜、金黄的玉米棒、鲜嫩的苋菜等。还有西瓜、甜瓜、酥瓜、面瓜等各种瓜果。这些蔬果来自各家的菜园，村民们在农历二、五、七、十的日子，带着自家的蔬菜瓜果到这里互通有无。除此之外，还有一家卖大饼的，一家豆腐铺子，热气腾腾的景象，增添了小集市热闹的氛围。更加显眼的是一个剃头挑子，茶炉上冒着热气，面盆里放着半旧的毛巾；师傅动作麻利、技艺娴熟，因此顾客盈座，整个画面古朴得令你发思古之幽情。

村子向南一里多路，是京杭大运河。年少的我认知里的大运河有来往船只，近岸有泊船；河上有桥，人来车往；两岸有房子、工厂。童年随母亲去徐州，乘船夜行运河，一觉醒来至窑湾古镇，眯起眼睛看到的运河灯火闪烁，码头上人影憧憧，卖烧鸡、烧饼、猪蹄的，热闹非凡。而在复隆镇看到的运河，宽阔的河面，水波不惊，静若处子；长长的河流通到天边，简直是李白的“唯见长江天际流”画面再现。两岸的柳树槐树等各种树木，郁郁葱葱。运河如小村一样安适恬静，令人舒适惬意。

今年的初冬，随江苏诗社宿迁分社团队到仰化瓜蒌园采风，在仰化镇上小憩时候，我想起三十年前邂逅的复隆镇，有一种急切要见故友的愿望。当地友人随即派车送我和诗社秘书长张克铖等文友一起前往，好奇与期待伴我一路前行。

当地友人告诉我，开车 10 分钟的路程可到达。可是，我们的车子顺着一条水泥路一直向东，开过一个又一个村庄，还是不见复隆镇。询问路边村民，说这条路尽头便是。同车友人问我："三十年前，这里还是泥泞小路吧？你是怎么来的？"我说："已经记不得了。那时候感觉里，那个邻水小村离镇上很遥远，简直是世外桃源。"

如果不是看到两层小楼上方有"复隆村村民委员会"的标志，我很难想象这里就是我记忆里的复隆镇。

低矮的小村不见了，眼前是白色的楼房，宽敞的街道上，小汽车进进出出；临街商业店铺林林总总；宽敞明亮的超市里，各种商品琳琅满目，玻璃橱窗呈现出现代化气息。

我们的车子顺着一条街道向南直接开往运河，抵达坡顶时，一艘大船刚刚驶过，船尾掀起一阵巨浪，一会儿，河面归于平静。暮色里，站在初冬的运河大堤，微风拂面，清浅柔润；两岸的树木已经叶落归根，树干排列整齐，如钢铁卫士护卫着运河；地上厚厚的树叶、直竖竖的茅草，踱步踩上去沙沙作响。这里依然保持原有的运河风貌，没有人工开发，没有刻意绿化，人与自然和谐相依。

突然，我们发现右前方河边有两间低矮的小屋，很旧的小院，满院落叶，篱笆封门，早已没有人的踪迹。站在高处看小院，眼前仿佛出现一个动态画面，乾隆皇帝南巡的船只慢慢靠岸，一个洗衣的村姑赶快收拾衣物，拾阶而上，走回小院。乾隆皇帝下了船，整理一下衣袖，用洪亮的声音说："到小院歇歇脚。"随从紧跟皇上，来到小院，坐在院子里的石凳子上休息片刻。刚刚那个身穿蓝底白花布褂的洗衣村姑碎步迎出来，随后呈上一碗花茶。乾隆皇帝端起茶碗，眯起眼，嗅着香气说："好香，这是什么茶？"村姑低头细声道："这是采运河岸边树上的槐花晾晒后，泡制的槐花茶。”时值五月槐花开，乾隆皇帝边品茶，边欣赏院外伸进来的簇簇槐花，感到整个人都被一股清香包围着，心情愉悦，便命随从赐村姑名“槐花”，赐这小院“槐花阁”。此后，乾隆皇帝每年南巡必到小院喝“槐花茶”。唯美的画面一幕幕从脑际闪过，直到友人呼唤，我才如梦初醒。再次凝望小院，虽已人去楼空，但旧时小院还在，美丽的故事还在。

过了小院，看到两个朱红翘角的亭子。走过去，两亭之间，是一个渡口，青石板铺就的石阶延伸至水中，若千年以前的遗存，与亭子上的小瓦廊柱极相协调。眺望运河对岸，同样是一个渡口，亭子，还有一只木船静静地等候在那里。

渡口旁边有两块蓝色牌子，一块上面写有“中运河管理与禁止事项”，另一块上是“公告和渡口守则”。从公告上得知，这里叫林宫渡口，知道四位渡工的姓名和电话号码。若不是这两块蓝牌白字的提醒，我们真的以为自己穿越了。

天色渐暗，我们即将返回，挥别渡口时，一位文友感叹道:“老渡口！”

林宫渡口，是当年的林家行宫的唯一历史印记。曾经这里商贾云集，南来北去；皇室贵族，前呼后拥；两岸码头，熙熙攘攘、一派繁华。此岸与彼岸之间，流淌着复隆镇的兴与衰，写就了历史的变与迁。

复隆镇变了，变得让我找不到三十年前的模样。但永恒不变的是这承载着厚重历史的大运河，这流淌不息的滋养世代复隆人的运河水，这诉说着复隆镇前世今生的林宫渡口，还有发生在这里的所有故事。

（原载于2019年2月6日《骆马湖文学》）

父亲与洋河酒

父亲这辈子最大的爱好是抽烟和喝酒。在我童年的记忆里，母亲在厨房炒菜，做饭。当热气腾腾的菜端上桌子，父亲便开始拿酒杯，拿筷子，然后坐下来，一个人慢条斯理地喝酒。等到母亲把饭盛上桌子，我和弟弟便围拢过来，开始吃饭。

父亲每次开酒瓶那一刻，酒香便扑面而来。我有时候把鼻子凑过去，对着父亲的酒杯嗅着香气，然后全身心有一股清爽、陶醉的感觉。父亲就把他的酒杯挪得远一些说："小孩子不能喝酒，喝了酒长大就不聪明了，女孩子家更不能喝酒。"这时，我便就着酒香埋头吃饭。

我们老家有句话叫"抽孬烟，喝好酒"，意思是烟可以抽得差一点，酒要喝好的，这样对身体有益。父亲喝的酒都是产自洋河酒厂的，我喜欢观察父亲的酒瓶，印象最深的是"美人泉"酒，喜欢看酒瓶上那个提着酒坛子楚楚动人的仙女。后来还知道有"洋河普曲""洋河大曲""敦煌大曲"。但是，计划经济年代，买酒需要"酒票"；或者要找熟人开后门才能买得到。

七十年代，我有一位远房姨夫在洋河酒厂工作。有一年冬天，父亲想借助亲戚关系，买点酒。父亲背了一口袋打吊针用的盐水瓶子，带上村上的两位叔伯，去洋河酒厂买酒。半路遇上下雨，父亲和两位叔伯的棉袄湿透了。大半天的路程，赶到洋河酒厂，找到了我的远房姨父，说明来意。姨父犯难地说："酒真的不好买，我这有两瓶计划分配的酒，送给你吧。"姨父从他的箱子里拿出两瓶精致包装的白酒，送给父亲。那酒瓶是深绿色的，上大底小，中间细长，像一个丰满而又曲线美的庄重女子。姨父对父亲说："这是内部发的，还没有贴标签，你如果需要送人的话，我给你两个标签贴上去。"父亲接过姨父送的酒，感动得不知道说什么好。

姨父送别父亲，赶去上夜班。父亲和两位叔伯走出洋河酒厂，天已经黑了。当时的洋河街上，所有的店铺都闪烁着煤油灯的亮光，酒的醇香弥漫在朦胧的街道上，令人沉醉；父亲顿感饥肠辘辘，便和两位叔伯找了一家小酒馆坐下来，点了两个小菜。店老板弯腰从火炉旁的酒器里盛了两端子白酒，递给父亲。据说，这家小作坊酿的是山芋干酒，工序有些简单，但父亲喝得很开心。酒和菜都不贵，吃完饭，父亲他们微醺时，忘记了身上湿透的棉袄，身心开始温暖起来。

喝了酒，便找个小旅馆住下来。老板看父亲他们棉袄湿透了，就抱来好几床被子，铺的盖的。父亲说，他们为了第二天不穿又湿又冷的棉袄，就把棉袄夹在被子中间，把人家的被子都浸湿了。

这两瓶精美的酒来之不易，父亲哪里舍得喝啊，便一直收藏着；偶尔拿出来看看，再收起来。

有一年，村上一位姓吴的青年要去当兵。临行前，父亲为他践行，请了左邻右舍满满的一桌子人来作陪，听说都是村上德高望重的长辈。父亲拿出那两瓶珍藏已久的高档洋河酒，作为对进步青年的鼓励，也作为对长辈的敬重。父亲现在回忆起来还说，那酒好到什么样呢，酒杯子上都留下一道道的釉子，那是精华之精华啊！相当于今天的五十年陈酿茅台。

后来我记得那两个酒瓶，就成为我们家条几柜上的一道风景线，瓶里插着粉色的塑料花，映衬着深绿色的酒瓶，娇艳可人，许多年"容颜不改"。

父亲今年 86 岁了，洋河酒成为他一生的钟爱，我和弟弟们送他的酒，也只选洋河系列的。前年，父母从老家搬到城里的楼房，我和弟弟开车去帮他搬家，母亲收拾衣服，父亲首先让我带上几箱酒。然后说，留些放在家里，啥时候回来，喝着方便。

现在，父亲有轻微的脑梗，医生建议不要抽烟，酒可以少喝。父亲常常邀我们去喝酒，每当我和弟弟们回来了，父亲就拿出他的酒让我们选择，海之蓝，洋河大曲，洋河国宾，桶装的好酒等，当然还有被洋河酒厂收购的双沟珍宝坊，偶尔也喝点梦之蓝系列的。若是家里来了亲戚，他就更开心；拿出好酒，多喝几杯。高兴处，开始感慨道："如今洋河酒随处都能买到，我年轻时候可不能像你们现在啊，可以敞开量地喝！好酒不醉！好酒不醉！"

我对父亲说，我最近去洋河酒厂参观了。洋河酒厂的变化是翻天覆地啊。现在的洋河酒厂总占地面积 10 平方公里，总资产 462.97 亿元，员工 3 万人呢。因为洋河酒厂，咱宿迁与法国干邑白兰地产区、英国苏格兰威士忌产区并称"世界三大湿地名酒产区"。全国各地都有销售点，每天都有大量的优质酒销往国内外。

父亲问我，那些古老的酿酒技术还有吗？我说有啊，除了流水线上大批量生产的不同档次的酒外，洋河酒厂的老厂区里，还有一批手工酿酒的老师傅，这支酿酒队伍叫手工班，他们酿出来的酒叫"梦之蓝手工班"。老厂区还有百年地下老窖池，最古老的部分建于乾隆 43 年，1778 年，距今 200 多年历史。老窖池里的酒被称为"液体黄金"，它是黏稠的，黄色的；也被称为"可以喝的古董"。窖池里的每个陶坛都有 200 多年历史，今年刚被评为"全国重点文物保护单位"。

父亲听我一说，有点激动。对我说："耳听为虚，眼见为实。你带我去看看，我还要亲自去买洋河酒。"

我答应了父亲的请求，我要为一位见证洋河酒七十年发展的酒迷，实现一个买酒梦。

温暖的记忆

窗台上几盆吊兰绿得发亮，一位同事花盆里的风信子花开正浓，差点忘记已经时值冬季!

有空调相伴的日子，总是春天的感觉，坐在办公桌前，心里暖暖的。趁着课间休息，拿起一份《宿迁日报》，一个暖心工程的报道正呼应了办公室热议话题：王天琦市长要求给在校住宿学生发放的棉被已经到位。

抬头看向窗外，蓝天白云间，是鳞次栉比的高楼，这就是我生活的家园，一座幸福的小城，一座和我一起成熟的城市。想着想着，记忆的闸门打开，我回到了 1996 年。

刚刚建立地级市的宿迁，年轻、朝气、十足的帅气！我和爱人同时工作在城边的一所镇中学，住在学校的家属区，两个孩子就读于镇上的小学。

那时候的我大部分生活是两点一线模式，每天穿梭于办公室和家之间。学校就是家，家就是学校，生活简单而有乐趣。

最难忘冬天的办公室，那时候，每到冬天来临之前，就是男老师发挥“特殊才能”的时候了，那就是制造煤炭炉。办公室的男老师齐心协力，利用课余时间，一天就把砖泥结构的、带有烟囱的煤炭炉造好。待风干了一段时间，冬至来临之前，学校供应蜂窝煤，我们便拿着一两个煤球，去食堂锅炉烧红，把它放到办公室的煤炉里，再加上几块生煤，很快，炉中火苗升起，办公室温暖起来了，我们也便安静地备课和批改作业。需要喝水，就把水壶坐上煤炉，炉火旺，水烧得也快，办公室里立刻呈现出一派热气腾腾的景象。那时候，虽然条件简陋，但我们的字典里没有“艰苦”的字符，每天都是乐呵呵地备课上课，乐趣无穷！

晚自习过后，我们住在学校的老师就把煤炉里剩下的火红的蜂窝煤夹回家，放在家里的铁皮小煤炉里，然后再接上一块煤，足够一家人取暖烧水用了。当然，校长也是人性化管理的，谁家若是需要，都可以到办公室的煤炉里夹一块烧好的火红的煤球，放到家里的煤炉作为点燃煤，老师们也心安理得地把这份温暖带回家。

于是，每天晚上，我们一家四口就围在火炉边，重复着白天的故事。我在批改作文，爱人奋笔疾书，构思明天的课务，两个孩子完成老师布置的作业后，看他们的《米老鼠和唐老鸭》或《机器猫》小人书。每天这个时候，是我们一家人集体活动专场，炉火映红孩子们的脸蛋，温暖着我和爱人的心。

再过两个冬天，男老师的“杰作”用不上了！学校要给办公室配上两个精致漂亮的煤炉，这样的煤炉不占空间，可开可封，灵活使用，便于收藏，第二年还可以重复再用。男老师没有施展“特殊才能”的机会了，于是，每天清晨，就早早抢着把煤炉引着烧旺，留待大家取暖办公。女老师颇受感动，于是，烧开水泡茶是我们女老师的活儿。偶尔早来的女老师带点红薯放在炉子上煮一煮，给上晨辅导课的老师加个早餐。严冬的早晨，办公室早餐时刻，时常为沸腾时刻。

多少个冬天，我们似乎没有感觉到寒意，办公室也似乎与严冬擦肩而过。2001 年，爱人调进一所重点中学。虽然舍不得我的校园小院，我的小花园，我的葡萄架，我的小厨房，但是，我还是搬进了新家，住进了梦寐以求的商品房。家和学校之间有了距离，每天骑着自行车上下班，爱人不忍我辛苦，给我买了一辆电瓶车。彼时的学校，一座崭新的教学楼拔地而起，我的办公室就在教学楼四楼。站在教学楼上，向远处看去，窗外曾经绿油油的田野已是一片工厂。眺望新家的方向，映入眼帘的是一座座崭新的商品房和高端大气的办公大楼。

我的办公室里煤炉无声而去，“小太阳”取暖器走进了千家万户，也走进了我的办公室。而我每天骑着电瓶车，穿梭于商品房和教学楼之间，好一种标配的感觉！

教室里用上了投影仪，备课节省了时间，我们可以利用更多的时间去查阅资料，去探讨教学新思路。

不知道什么时候开始，空调大驾光临我们的办公室，我们学校已经正式成为城市中学。近几年，教育主管部门响应上级号召，推进教育均衡，每个学校配齐配足现代化教学设备，各个功能室一应俱全。白板教学，空中课堂，“一师一优课，一课一名师”晒课活动等全新的教学模式走进了校园，走进了课堂，我们学校由内而外地与现代化城市融为一体。

忽闻窗外明快而有节奏的读书声，哦！已是下课吃饭的时间，学生在去食堂的路上，边走边背诵《弟子规》。

我该下班回家了。家人时常笑我开车速度如蜗牛爬行，我倒是欣赏自己的速度，且不说车多人多，安全重要，我把慢开车过程当作一种享受：享受我对办公室的期待，享受每一天上班的幸福，享受礼让行人的快乐！当我穿过林立的高楼，穿过高大上的电影院、绿色广场、大型购物中心、图书馆的时候，我突然觉得：宿迁，这座天蓝、水清、景美的城市，她已经是那样的成熟、矫健、稳重、富有内涵。想到自己与这座美丽的城市同奋进、共成长的过程，心里暖流涌动，随即，视线模糊了！

“为什么我的眼里常含泪水，因为我对这片土地爱得深沉！”

（原载于 2017 年 12 月 5 日《宿迁日报》）

隔年陈菜

我的家乡在古运河畔，也是“泗水流、汴水流”的苏北流域。老家过大年时候有一道菜，让我百吃不厌，它的名字就叫作“隔年陈菜”。

从我记事起，大年三十那天，这道菜一定是由我的祖母来做。祖母颇有经验，在我的感觉里，祖母似乎也不放心让其他人去做。她老人家在做菜的时候，总是边做边絮絮叨叨地对家人说：“这叫隔年陈菜，要多做些，今儿个不能吃完，留着明年再吃，省着点吃，吃的时间越长越好，来年可保俺一家老小不愁吃，不愁喝，不会挨饿。”

其实，这道寄托着美好愿景的菜做起来并不难。隔年陈菜的主食材就是自家地里长的萝卜，其次就是祖母做的豆腐，偶尔能看到一丁点的肉渣，那肉渣不是原汁原味的猪肉，那是从集市上买来的猪大（板）油，祖母把那猪大油切块，放在铁锅里将油熬出（家里人都说卤油），剩下的油渣再剁碎，一部分拿来和萝卜白菜一起包饺子，一部分放到隔年陈菜里，这样，一锅香喷喷的，带着吉祥、载满祝福的萝卜、豆腐、油渣三合一的隔年陈菜就成功问世了。如果吃不上带有肉渣的隔年陈菜，但豆腐是必需的，用祖母的话说“豆腐、豆腐（都福、都福），就是全家都有福，过年一定要吃豆腐，预示来年有福气。

就是这道说难也不难，说简单但还要动一番脑筋的菜，其实还是为难了祖母。因为除了肉渣要分配，仅有的一包豆腐更要分配，一部分豆腐腌制成豆干，留待来年春天招待客人派上用场，一部分送给做不起豆腐的亲邻，再放一点在饺子馅里，最后放一点到隔年陈菜中。

所以，祖母要亲自把关，做上满满的一大盆，既要让一大家人吃饱，还要保证这道菜剩余。

童年的记忆中，过年也就是这道菜了，其他的菜到底有没有，印象很模糊，反正我经常听到祖母说出这道菜的别名：一锅出。

也就是这一锅出的隔年陈菜，惹得我们这些孩子对年的向往，每次饭桌上呈现那热气腾腾的隔年陈菜，满屋子充满了香气，香气里洋溢着年味。在六十年代末七十年代初，在我国经济发展还处于贫困时期，过年能吃上这样的菜，已经是很奢侈了！就算我们很少吃到肉渣，但那菜的确好吃，那是平时吃不到的美味佳肴。

后来，祖母年岁大了，做不动了，这个任务就交给了会打算、能安排的母亲。随着生活条件越来越好，尤其是八十年代改革开放以后，母亲的隔年陈菜做得比起祖母的要上档次多了，而且内容也越来越丰富。豆腐是不变的主题，萝卜是主要食材，但肉渣变成了肉块，再后来就变成了排骨，有时候再放一些肉圆和干豆角等不容易碎的食材。母亲说："隔年陈菜越加热越好吃，尤其是其中的萝卜。"我觉得也是。

最重要的是母亲不用为分配肉和豆腐发愁，也不会担心做少了不够吃，过年的菜越来越丰盛了，满桌子好菜，想隔年陈菜不剩都难。

隔年陈菜曾经一度被老家的一些家庭冷落。因为，过年不再是停留在吃好饭和穿新衣服上了。人们对过大年有了更高的品位向往，更高层次的精神追求。大多数家庭做几道精致的菜肴，不再做隔年陈菜，省得占盆占碗，增加负担。

已经成为家庭主妇的我，有着放不下的“隔年陈菜”情结，同时继承了母亲做菜的本领。每年我都会做一道隔年陈菜，个中缘由除了对来年的美好期盼，更重要的是家人都喜欢吃，虽然我每年尽量少放肉多加萝卜，最后剩下的还是肉。

今年家里来亲戚，我做了满桌子的色香味俱佳且丰盛的菜肴，亲戚还是专门点了我那道用大骨头汤、豆腐、白萝卜和胡萝卜组合烧制的隔年陈菜。

原来，在吃腻了各种山珍海味之后，这样一道朴实无华的隔年陈菜，就像田野里那无污染、原生态的野菜一样备受人们青睐。

忽然想到最近刚读的一篇文章，题目叫《从物质中获得幸福的时代已经结束》，在那物质匮乏的年代，人们追求的是物质的满足，从吃饱穿暖，到吃好穿好，再到吃得高档穿得高贵。然而，当这一切的一切都不再是问题的时候，人们忽然发现，追求物质的满足已经不再有幸福感了！此时，人们心头是否开始有了新的期盼呢？

是啊！恬淡的生活，自由的空气，无污染的环境，朴素的生活方式，健康的心态，知识的提升已经成为人们新的需求。此刻，我也听到我的内心对生活的呼唤，那就是“简单生活”。它就像那一锅出的隔年陈菜一样，轻松自然，化繁为简。

我想，隔年陈菜已经根植于我的生活，无论何时何地，我会继续做我的隔年陈菜，因为它正印证了我内心的基本情愫，象征我心底里最朴素的追求，也缘于一份美好！一份期盼！一份祝福！它更是我永远的家乡年味！

（原载于 2017 年 2 月 14 日《宿迁日报》）

又是元宵飘香时

年年岁岁的元宵节，曾给我留下多少美好与记忆。它快乐着我的童年，荡漾着我的青春，伴我步入中年。

记得十二岁那年，已经上初中的我，觉得自己已经长大，相约邻村几个女孩，一起去县城赶“十五”，看热闹。头天晚上说好“十五”早晨在村头碰面，然后跑到十里外的集镇上，坐大汽车去县城。

“十五”的早晨，天还黑漆漆的我就起了床。然而，母亲却坚决不让去，原因就是“女孩子家乱跑个啥”！我知道母亲一向对我管理严格，不敢违抗。但是，被困在家里的那种滋味可着实不好受！我只好在房间里走来走去，寻思着她们是否在等我，惦记着她们会不会因为我而误了班车，心里想象着她们赶车的情景，坐车的惬意，逛庙会的欢快！

……

那一天，在家什么事也不愿做，就等着小伙伴回来，盼着她们给我带来好消息，盼着她们给我讲县城里的热闹；一直等到天黑，还不见她们。母亲看出了我的不安，也没有像平时那样督促我早点睡觉。直等得我心焦时，她们跑来了。煤油灯光里，她们红扑扑的脸蛋上，汗水直往下流，头顶上冒着热气，手里抱着花棉袄，满脸兴奋的样子。原来她们回来时没赶上车，从三十多里的县城跑回来的（那时候，从我们镇上到县城每天只有一班车来回，赶不上就只有步行了）。看着她们的高兴劲儿，一点儿不像跑了几十里的路。大家都还未喘口气，就开始追问我怎么没有去赶庙会。接着便是七嘴八舌地说开了：县城里人真多，人头爬人头，大家相互搀着，生怕走丢了；卖各种玩意儿也多，但没有钱买；最好看的是玩旱船、踩高跷，男的画的很丑很滑稽，女的扮相好看。她们说得最多的是卖吃的，热气腾腾的元宵，红红的糖球子，香酥的芝麻烧饼，厚厚的大饼、年糕，还有亮黄亮黄的油条……香味儿弥漫整个大街，飘得好远，好远！她们说得自己直流口水，听得我也直咽唾沫。可是，这些她们都没舍得吃，因为手里攥着的只有大人给的块儿八角钱。最后忍不住饥渴，站在烧辣汤的铺子前，眼盯着那一大锅咕咕冒着热气的辣汤，每人花两角钱，吃了一碗粉丝辣汤，一个馒头；她们开心无比，对偏僻乡村的孩子来说，这已经是美味了，就算不吃，开了眼界也满足！

那一夜，我没有了睡意，一直想着她们在城里手挽手东看看西看看的情景，感受着她们的快乐，回味着元宵芝麻烧饼的香甜。这些感觉至今还留在我的心底，挥之不去。

还记得二十岁那个元宵节，我已经参加工作。那天是跟父亲去县城赶庙会的，华灯初上时，我们才恋恋不舍地回家。我一边骑车一边在心里默念：城里人真幸福，天黑了不用着急回家；城里人真胆大，青年男女敢在大街上手拉手，悠闲地压马路；城里的夜真美，晚上跟白天一样亮，不像我们农村，太阳落去后，到处漆黑一片。我心生羡慕，不知不觉已上宿迁大桥，再一次驻足回望城市夜景时，烟花爆竹已开始燃放，眼前一片璀璨。忽然间，身旁闪过一个熟悉的身影，心里一阵激动；那人就是我今生相守的他，当时是同事，彼此有了好感，那晚却是第一次有了心动！

“东风夜放花千树，更吹落，星如雨”。又是一年元宵时！此时的我，已是为人妻、为人母。母亲早已不再管束我，我的快乐我做主。我和我的伙伴们时常驾车畅游家乡美景，吃遍家乡美食，家乡的一山一水，一街一巷，走过我们幸福的脚步。然而，却寻不见儿时的那份童真与欢乐，更留不住“众里寻他千百度，蓦然回首”的那刻心动！

（原载于2018年3月6日《骆马湖文学》）

半间宿舍到电梯楼房

老爸老妈结婚那年，正是新中国成立十周年——1959 年。

爸迎娶我妈的新房是单位职工宿舍。按照父亲的文雅说法——家属区。

老妈至今不忘，所谓的家属区，就是一排单间平房，每一间房都是一分为二，住两家；一家门朝南，一家门朝北。老爸幸运，把我妈娶进朝阳的半间宿舍。

半间宿舍，让我想起一首老歌——《送别》:“半间屋前川水流，革命的友谊才开头，哪有利刀能劈水，哪有利剑能斩愁……”

爸和妈的“革命友谊”是经媒人介绍的，双方只在爸的探亲假见过一面。第二次见面，就是这婚姻圣地——半间宿舍。

半年后，糊在墙壁上的报纸开始发黄，单位又有新的职工要结婚了，爸爸的喜房让了出来。

爸把妈送到徐州火车站。站台一别，天各一方。此后每年，便是我妈一年一次的抹泪送别。

妈妈回老家后，和奶奶住在两间茅草房子里。这两间茅草房旁边，还有两间更小的房子，那是做饭的锅屋。在这样一小片茅草屋里，住着一家六口。妈妈是新婚儿媳妇，所以得到优待，住在唯一的一间正房里间。高粱杆子隔起来的外间，我奶奶放一个废旧的独轮车架，铺上草和席子，带着我三岁的表姐睡在上面。我的表姐，是我姑妈家的大女儿。姑父姑妈在南京城里当工人，计划经济时代，两个大人带着两个孩子，除了没有时间照顾孩子，每个月的工资和计划的粮食，怎么也不够四张嘴吃的。所以，我的大表姐在我奶奶身边生活，直到五岁才回南京。大伯三叔五叔当时都还没有成家，四叔早早入赘到程家，娶了程家的独生女——我的四婶。大伯因为负责生产队的仓库盖印，便住在生产队的牛屋里。三叔先是住在锅屋里，后来又在锅屋的朝阳地方加了一个草棚子，算是有一个独立的窝。小叔在外面上学，每个周末回家，就和三叔挤在一起。

茅草屋的墙壁是泥做的，里面泥坯子纷纷脱落；经历风雨侵蚀后的外墙壁，更是不堪目睹。墙角凹进去，墙壁中间也不同程度地凹陷，仿佛风一吹就能一断两截。每年夏天，大雨如注，身为一家之主的奶奶（爷爷早逝），就用从利民河边捡来的砂礓垫高墙角；用麦草、柴禾，打成捆，排着靠在摇摇欲坠的土墙边。遇上台风来袭，屋上的茅草随风翻卷，飘然而去。

一年后的秋天，奶奶请村子上几位会打泥墙的长辈，在老屋的旁边盖房子。外爷爷从他村上一个下放知青家里，买了六根竹竿送来。妈妈做了几顿饭给盖房子的乡邻吃。几天后，一座竹竿大梁、泥墙草屋盖了起来。

妈搬进了新房。不久，我就出生在那个新房子里。我妈说我命好，一出生就住新房子。

妈妈还说我记性好，四岁时的事儿后来都记得。我不知道从什么时候开始，记得每逢半夜，从饥肠辘辘中醒来，都能看到黄鼠狼在房梁上窜来窜去，有时候还看到它们闪亮的小眼睛盯着自己。起初不敢与它对视，把头蒙在被子里；后来因为习惯了，不再害怕，我们和平共处，互不干涉。我想，它们可能也是饿得睡不着，出来寻吃的。

我弟弟出生前，爸爸回来探亲，还带来他结余的工资，和我妈一起，在堂屋旁边盖起了锅屋。我觉得我弟弟命更好，他一到这个家，就不用住在烟熏火燎的房子里。

也许是父亲手头宽绰，锅屋后建于堂屋，竟然大于堂屋，一个墙角正堵着堂屋的门。我六虚岁上一年级的时候，我家的新成员二弟来了。也就是那一年，妈妈又把堂屋重新盖大一点。还拉上了院墙，我家就有一个像样的大院子。院子里，堂屋、锅屋，井然有序。虽然还是泥墙草屋，但宽敞、整齐、崭新。我和弟弟们在院子里快乐地玩耍，妈妈无论喊我们吃饭还是做事，我们都答应得脆生响亮。

我十二岁那年，三弟潇潇洒洒来报到。在这个院子里，我妈带着我和三个弟弟住了十多年。

记得院子里有一颗大椿树，每年夏天，枝繁叶茂，满院子阴凉。但是，树上生着许多毛辣子。有一年夏天，我没有穿鞋子，一只脚心正踩在掉在地上的毛辣子身上，毛辣子不声不响地遭殃，我却疼得哇哇大哭。第一次尝到毛辣子的厉害，面对满脚心的刺，束手无策。火辣辣地疼，我哭了一个下午。奶奶用芭蕉扇子扇凉风，妈妈用清凉的井水给我止痛。本家一位识字的二叔说：“院子里有树是‘困’，家庭要穷困的，挖掉吧。”妈妈不信，说要等它长大给我做嫁妆。

那些年里，家里没有盖房子。但是，我看见妈妈把结余的钱送给三婶，让三叔去买芦柴和木头，把房子再翻新一下。

改革开放的春风吹到了村庄。村子通上了电，做生意、做手艺的人家纷纷盖起了瓦房。一年暑假，爸妈买来很多砖瓦，要把堂屋锅屋一起换成砖瓦房。爸爸相信做教师的女儿有眼光，让我帮忙设计新房。我设计出来的玻璃窗格大而别致，门头上带移动窗户，透气又亮堂。村上人表扬我思想先进，我说跟城里人学来的。

两年后，我从这个窗明几净的大院里出嫁了；弟弟们一个个读书、工作、进城；爸爸退休归来，和妈妈一起掌管大院。三个弟弟成家后，爸妈负责给他们收拾洗晒每个小家的房间，准备他们随时回来小住。爸在院子里摆上球桌，供乡亲农闲时候娱乐；妈在前屋面朝路口开起了小商店；院子里重新搭建一个三面有墙的通风棚子，专门储存粮食，供我们小家享用。

改革开放让大江南北架起了彩虹，年轻人纷纷南下打拼，村上很多人家实现了“楼上楼下，电灯电话”的梦想。我和三个弟弟在城里有车有房。弟弟们要带爸妈到城里住。爸爸说：“哪里都没有我这四合院好。”

前年，二弟在城里给爸妈买了商品房，让二老住到城里。

老爸说，老家好，阳光好、空气好，房前屋后种点蔬菜吃着新鲜。

老妈说，城里好，商场多、道路宽，小区像公园，吃过饭溜溜逛逛，多自在。

最终，全家举手表决，少数服从多数。二弟开着宝马，终于把爸妈接到了新房子。

爸妈住在电梯楼房里，合不拢嘴。没事提着小马扎下楼去，凉亭里，景观水池旁，下棋、聊天，一群老人乐呵呵地笑声相传。

六十年，爸妈迎来了他们的钻石婚。前几天老爸说，家孙外孙都忙，不是大城市就是国外，等他们回来，我要亲自请客。

我说，老爸，等他们都回来，我们请您。他说不，这顿饭一定我请。从半间宿舍把你妈娶进门，到今天和你妈一起“住高楼，玩微信”，我激动啊！一要感谢你妈的辛苦操劳；二要感谢我们遇上好时代；三要让你们记住，没有共产党，就没有今天的幸福生活。

（原载于2019年12月13日《宿迁日报》。

本文荣获宿迁市文联举办的“我和我的祖国”征文活动二等奖、

江苏省作家协会“我和我的祖国”主题征文活动三等奖）

第六辑　生命如歌

请放心，有我在

在省作协培训班结束回家途中，车子刚刚驶出省城不久，听到后面有个熟悉的声音，他在打电话。因为声音熟悉，电话内容便声声入耳。大概内容是：老人生病，在省城住院，排队等待治疗。

回头看去，隔着两排，在座椅靠背遮挡下，果然露着半边熟悉的面孔，他是两年前调出我们学校的谭老师。

我扶着靠背走过去打招呼，见到我，他特别惊喜。他问我到省城干什么的，我告诉他来学习；我问他，他只说带老人看病。看他吞吞吐吐的样子，不便细问。相互问候几句，我便回到座位。

服务区下来休息，他走近我。毕竟好久不见，他问我的近况，我也再次关心起他家老人的身体状况。他说是他的岳父生病了，情况不容乐观，肺部长个结节。“结节”一词说得轻描淡写，其实，从他车上的电话内容，我大概猜出几分。肺部的结节能有什么好？如果真是普通结节，也未必要到省城去住院。我知道，善良的他，不愿说出那个“字”，我在这里也不愿写出那个字。

然后，他告诉我，医院排队难，岳父现在一个人在医院，至于治疗方案，就听医生安排了。他回来安排一下工作上的事儿。小舅子年轻，拿不了主意，家里孩子还小，需要照顾，他这做女婿的只好多尽点力。

但是，他人回来了，心还在岳父那里。说到这里，他情绪有些低沉，他说受不了离开时岳父那眼神。每次来到岳父身边，老人就添了精神，吃饭也多；每当要离开，岳父就有些精神恍惚，甚至有些恐慌，有些害怕，有些不舍。岳父把他当成最可依靠，最信赖的人，说一切听从他的安排。那眼神一定饱含很多要说的话，希望他快去快回，希望他托托熟人，希望他多跟医生交流，一定要治好他的病。我说："你是老人家的主心骨，他把生命交给你了。"他激动地说："你说得对，就是这样的，到底是作家，总结得真好。"

十五分钟休息时间很快过去，我们回到车上。我回想起车下的一番谈话，心里不觉黯然。我哪里是什么作家，我是与他有同样的感受罢了。

想起我的母亲，一年来一直身体不好，每天在我面前说这里或那里不舒服，似乎我是医生，只要跟我说，我就有办法了，她的病就好一半了。

去年春天，我和弟弟把母亲带到医院检查，专门请了我在医院工作的朋友。我相信母亲没有大问题，之所以麻烦朋友，是想让母亲感觉，有专家陪伴，医生是用心的。一个上午，所有该查的都查了，没有大问题，医生连药都没有开。过了不久，母亲老胃病又犯了，母亲又开始怀疑自己肚子里有问题；再接下来，又是不断地说身体不舒服。我不断地安慰，不断地解释，我觉得自己都要成心理医生了。

年近八十岁的母亲，突然像个孩子似的。

母亲曾经是我心中的一棵大树，是我的精神力量啊！

记得儿子上高二那年，先生做重点中学毕业班班主任，家里的所有事务都是我一个人承担。那时，我也正带两个毕业班语文课。中考前，我因为身体不适，在校医那里打吊针，青霉素过敏，险些送命。事隔不久，我儿子又因为学校墙头裸露电线被轻微触电。两件事情虽然有惊无险，但是至今回忆起来，仍然心有余悸。有两年的时间，只要有人提到"电"字，我都会浑身发麻。各种压力加上惊吓，让我一度紧张失眠。母亲从老家跑来劝我说："不要怕，大胆往前走。"母亲简单的话语，让我心里充满力量，我在心里默念这句话中，慢慢地好了起来。

母亲五十岁左右的时候，在老家有时听说谁谁得了什么病，花了多少钱。母亲不止一次认真地对我和弟弟们说："我要是得了大病，你们不要给我治，不用花那冤枉钱，人总要一死，怕什么？"

母亲不是嘴上说说而已，那时候母亲的确很坚强。记得母亲七十岁那年，做了第二次胆结石手术。因为胆管结石，必须大手术。手术前一天晚上，我在学校做一个赛事的评委，直到九点钟结束，才匆匆赶到医院。轻轻走进病房，母亲已经安然熟睡。我静静地坐在母亲跟前，想到瘦弱的母亲明天要经历病痛之苦，眼泪止不住地往下流。母亲的病友示意我不要哭，可是泪水恣意流淌，忍不住低声啜泣。母亲被我吵醒，问我什么时候来的，哭什么。我一句话也说不出来。看我哽咽了，母亲半天才明白过来，对我说："我都没害怕，你怕什么？没事的，不就是一个小手术吗？"母亲不断地劝我，我在母亲的劝说中痛痛快快地哭了一场。然后心情平复了许多，打热水来给母亲洗脸洗脚，倒杯开水放在床头，这才放心地回去。

那次母亲或许真的没有害怕，也或许是她还扛得住，手术很顺利。由于母亲乐观坚强，身体恢复得很快。

如今，体弱的母亲，心理上似乎发生了很大的变化，吃饭也不如以前，她对身体的担忧都写在脸上。我觉得母亲离不开我，我也放不下母亲，便多去陪陪她，给她诉说的机会；只要她愿意，就说给我听。需要的时候，就带她去看医生。

突然想对母亲说："母亲，请放心，有我在。"

再次想起车上遇到的谭老师，他的岳父也一定希望听到这句话。也许，老人家的生命不会有多久，但是，儿女能在老人最无助的时候，用亲情给予最有力的精神支持、最温暖的鼓励，让爱成为他心中一缕暖阳，成为遮风挡雨的一棵大树，成为可以依靠的一座大山。那样，老人一定不会害怕死亡，安心地走完人生的最后旅程。

（原载于2019年3月24日《宿迁日报》）

一块钱的遐想

天已近黑，忽然想去菜市场一家粮油店加工杂粮面。老板夫妇正在数钱，我站在旁边看着两个人手里各自整理着一沓票子，心里为他们高兴。

我跟这家老板也算是熟人，他们以前开的是油条豆浆馒头铺子。夫妻俩四十多岁，男的高高的个子，白皙的皮肤，高鼻梁，大眼睛，说话总带着诚恳的笑容，衣服干净利索。女的个子中等，一张圆盘似的大脸，五官端正，笑容可掬。看他俩人好，做的油条、豆浆、馒头样样好吃，所以，我自从搬到这菜市场附近住，常常光顾他家小店。

听说他有一双儿女，学习成绩好，又懂事，高考前趁着休息还到店里帮忙。后来两个孩子陆续考上大学，再后来，他家的店铺改做其他行当，而且易主了。我每天买菜匆忙路过那店门口，总是带着遗憾的心情往铺子里看两眼：不知道是怀念那纯碱留香的馒头，还是那原汁原味的豆浆和外脆里嫩恰到好处的油条；或许是想念那一对态度极好的夫妻吧！

终于有一天，在菜市场的尽头，我看到了他们。原来他们在菜场的另一门口开了一家粮油店，感觉位置没有原先的好，空间却比原来铺子要大出一倍。遇见他们，甚是欣喜，就忙里偷闲地和他们攀谈几句。男的说："自从两个孩子考上大学，我们就不做小吃了；做小吃太辛苦，起五更睡半夜，家属的身体来不了啊！"女的接过来说："做了十几年馒头，没睡过一个整宿觉，如今终于不用半夜起来蒸馒头、烧豆浆了。"

我说："可惜我们吃不到你们做的馒头豆浆了，尤其是那油条，那是我吃过的最好吃的油条啊！"

女的说："那油条的配方是俺家那位自己研究出来，别人真的做不出来。"说到这里，她深情地看了丈夫一眼说："俺家这人聪明得很呢！做事用心得很呢！"正在招呼顾客的丈夫听到老婆夸他，不好意思起来。对女的说："你这叫自夸自，不惹事。"说完，他俩一齐哈哈大笑起来，看到这夫唱妇随的一对，我的心头油然生出一份敬意！

"你好！你需要什么？"很有礼貌的男声问话打断了我的回忆。我回答："你好！我来加工杂粮面粉。"说话间女的看了看我的手提袋。我忙解释道："老板，我带来了自己家的新花生和大米青豆，再从你这里买一点大麦仁和黑芝麻放在一起加工。"男的忙说："好的好的。"

男的帮我称了大麦仁和黑芝麻，共 8 块钱。然后便去招呼不断涌来的顾客。女的边帮我加工面粉边和我聊天。我说："你看，你家做什么生意都是红火，天黑了还这么多顾客。"她自豪地说："是的，我们是货真价廉。你看这水果，同样果子都比其他水果店里便宜一半。"本来我没有看见她家还有水果，这一介绍，我才看见店铺一头是一个色彩纷呈的小世界，这些水果闪耀着光彩，散发出阵阵香甜的气息。

她一一给我报了价钱。我顺便买了 7 块钱的葡萄，10 块钱的苹果，然后去结账。我说："还有刚刚的 8 块钱，共 25 元。"我拿了 100 块钱给男的，正准备找钱时，女的因为加工面粉的机器声音，没有听见我和男的对话，她说："还有刚刚的大麦仁和芝麻钱。"男的说："加上了，共 25 块钱。"女的说："再加一块钱加工费，26 快。"

男的在钱箱里数着钱，女的继续操作他的机器。男的递给我一沓零钱，放在最上面的是一张5元的，我立刻意识到他没有收我一块钱加工费。我和他相互笑笑，他笑得坦然，我笑得满含谢意。

离开粮油店，我还在为老板多找我一块钱不安。对我来说，这一块钱不算什么。作为老板，他当然也不差钱。但是，我心里总是感觉十分歉意。

到家把这件事告诉爱人，爱人说："你不必过歉，我们以后多光顾他家小店，多关照他们的生意就行。"

爱人的话提醒了我。我明白这小店为什么总能生意兴隆了。用于丹的话说："世界上百分之一的人是吃小亏而占大便宜，而百分之九十九的人是占小便宜吃大亏。大多数成功人士都缘于那百分之一。"

其实，人与人之间相处，吃亏和占便宜在一念之间，但结果会大相径庭。清朝张英的《六尺巷》中："千里家书只为墙，让他三尺又何妨。"被后人传为美谈，成为后人的楷模。其中道理很简单：凡事不必斤斤计较，做人就要你敬我一尺，我敬你一丈。

（原载于2017年11月16日《骆马湖文学》）

人到中年

电影《人到中年》热播于八十年代，当时自己还是个小姑娘，最深刻的印象就是潘虹饰演的主人公陆文婷，一位身心疲惫的医生、妈妈形象。后来的许多年，自己结婚成家，孩子读小学到高中，工作与生活的压力叠加起来，感觉很累；脑海里常常浮现《人到中年》的主人公陆文婷的一双茫然的大眼睛；那时，以为自己人到中年，上有老下有小，是最累的时候，也常听到身边的同龄人和我一样的感慨。

十年过去了，现在对“上有老下有小”的理解是：上有年事已高的父母，下有孩子的孩子，四世同堂，既是幸福，也是尴尬的年龄，承前启后，负担最重，这才是人生最艰难时期。

前不久，十多年不发烧的我，黎明前突然高烧起来；头重脚轻，浑身发冷，寒冷从骨子里、血液里往外冒，再多的衣服，再厚的被子，都无法温暖我的冰一样的躯体。头在疼痛，肉在疼痛，所有的骨节在疼痛，自己仿佛掉进冰窟窿，又仿佛是地狱，且遭到无数的鞭打，亲人仿佛离我很远很远，求救无门，天地不应。迷迷糊糊中，先生给我捧来热水，喂我吃药，不知道是否把药吞下，身体又重重地倒下去……

天亮后，先生送我去医院。下车腿软如泥，凄凄惨惨戚戚；医生面前，如遇救星。

开了药，打吊针。先生忙前忙后，盐水一瓶接了一瓶，高烧不止，疼痛不止。

先生说："和孩子们说一声吧。"晕晕乎乎的我似乎震惊一下，立刻头脑有些清醒。

"不要，不要告诉他们。"

先生不语。

那一阵，真的希望儿女能来到身边，或许，看到他们，疼痛会减轻。可是，女儿的孩子刚刚几个月，自己要上班，要照顾家庭。儿子工作很忙，每天加班，周末培训学习。怎么忍心再给他们增添负担，更何况感冒发烧是小毛病。

记得几年前，我患了腰椎病，开始以为普通腰疼，从不耽误工作和家务；然而，病一次比一次重，最后一次是学期接近尾声，我不想给领导添麻烦，再说中途到哪里去找人代课？坚持吧！这一坚持，期末考试的时候终于站不起来了，在市人民医院一躺就是十天；医生严格要求不准下床，并准备手术。我跟医生商量，一定不能做手术，我没有时间卧床三个月，几经磨蹭，医生同意保守治疗。

那些天，先生一边跑学校监考，一边给我买饭、喂饭、洗漱，忙得焦头烂额。

当时女儿在学习，儿子正在上海开会。儿子打电话问我情况如何，我告诉他："没事，一切都很好，你安心工作吧。"

母亲知道我住进医院，一定要来看我。

那时候，母亲刚做完胆结石手术，身体虚弱。我在中医院照顾她的时候，从母亲的神情里，感觉到她对穿绿色手术服的医生有一种恐惧；而我住的就是骨外科，断胳膊断腿的都是我的病友，绿色手术服穿梭于病房与手术室之间。这样的环境，我怎么忍心让母亲过来？最终想尽各种办法，把母亲挡在医院外边。

现在，我感冒发烧，说起来小病一场，退烧就该没事了，就更不能告诉孩子们，也不必告诉年迈的父母。更何况，孩子还要照顾孩子，父母还需要我们照顾……

终于两天的大量药水，击败了在我体内疯狂肆虐的病毒。高烧退去，衣服湿透一茬又一茬，床上铺的盖的都是湿漉漉的。接下来，肚子里开始翻江倒海，游走疼痛，不能进食。医生说是细菌性感冒的后期症状。艾灸不行，继续打吊针。就这样折腾了一周，身体的疼痛感消失了。接下来是无休止的乏力，疲惫。

先生尽心尽力给我炖鸽子汤，买中药调理；我也努力好好吃饭锻炼，调理心情；我知道，我不能倒下，儿女需要我，父母需要我。

我一定要好好的，还像以前那样，把该做的工作做好，让儿子下班有口热饭吃，抽空要去看看老人，再去照顾一下女儿的女儿，然后，给自己的爱好争取一点时间，去读书，去写作。

一场高烧，对我的身体是一场考验，也给我一些警醒。人到中年，要照顾好自己；儿女有自己的家庭、事业，不能拖累儿女。

想起唐代诗人刘希夷写过这样的诗句："一朝卧病无相识，三春行乐在谁边？"我倒是没有诗人的伤感，但也略有参悟，在走过了春，走过了夏，秋天已近尾声，慢慢走向衰老的季节，自己还算年轻，一切都还扛得住，尽量不让老人牵挂，尽可能不去麻烦孩子，能为儿女分担的时候尽力分担。虽说："儿孙自有儿孙福"，但是，我的父母、婆婆他们，八十有余，依然在操劳。由此可见，为爱付出既是心甘情愿，也是美德传承。切盼父母安康，唯愿青年人珍惜生活，珍惜青春韶华，趁着精力旺盛，为自己的理想拼搏奋发。

（原载于2018年第4期《宿豫文艺》）

谁家香车谁家女

几年前住的老房子，旁边就是广场，每逢喜庆的日子，总能看到广场旁边有排成长队的婚车，广场中央最耀眼的是穿着各式婚纱的新娘，她们被新郎牵着，配合着摄影师，摆着青春的、美好的姿势拍照。每次看到这一幕，我感到的不仅是甜蜜，总有淡淡的忧伤掠过心头。不禁想问：谁家香车谁家女？车上的姑娘，从此就要告别亲娘，离开习惯了二十多年的家庭，走进一个除了丈夫以外都不算熟悉的新家，离开了父母的呵护，她会过得好吗？这样的疑问不知道在我心里徘徊过多少回！

小时候，祖母常说，她最不能看到的场面是女孩出嫁，一看便流泪。听说有一次，祖母外出归来的路上，看到一个正在嫁女儿的人家，适逢迎亲的来了，那家女孩正被婆家接出家门，这一幕被我祖母赶上了，她立刻坐地号啕大哭，伤心的劲头令在场的人们丈二和尚摸不着头脑，好在过去人家嫁女儿都是哭哭啼啼的；不像如今，家有女儿嫁夫婿，欢天喜地送出门，几乎不见抹眼泪的场景。所以祖母的放声大哭也很快被旁边的人理解，大家也都跟着掉眼泪。

母亲曾说过，祖母很坚强，一辈子很少流泪，祖父过世早，祖母一人带着6个孩子，艰难而又顽强地同命运做斗争，从不叫苦，从不说累。然而，祖母就是不能看到谁家嫁女儿。小时候的我一直不解祖母的内心世界，对我而言，就是个谜。

我出嫁的年代，已经不再有哭嫁的说法了，记得那天我和母亲都哭得天昏地暗，也说不清是怎样的心情，总之很伤感。

自从出嫁那天起，直到现在，离开娘家时从来不敢喊一声“爸爸妈妈”，更没有道别过，若和爱人孩子一起回娘家，都是他们跟我父母道别，若是我自己回家，都是笑着离开。我无论如何也不敢张嘴说一声“爸妈我走了”。我知道，我若是说出来这句话，我那不争气的眼泪定会夺眶而出。

令我奇怪的是，我竟然也沿袭了祖母的特点。每逢看到嫁女的场面，心里酸酸的，总要流泪。我当然不能像祖母那样不顾一切，总是悄悄离开现场，故作镇静，然后尽力平复内心，收拾情绪。

近几年，不知从什么时候开始，我不再为此伤感流泪了。我突然意识到，年轻人谈婚论嫁真是一件大喜事，金玉良缘，百年好合，这样的词语才配婚嫁的场面，满满的祝福送给新人才够礼节啊！怎么会有哭泣？不该不该！

谈婚论嫁，娶妻生子，是人生必经过程，也是生命赋予我们的权利，是上天给予我们的恩赐。我们赶上了新时代，要感恩生活，感恩父母；我们有义务努力让生活更加美好。也许，生活并不是想象的那么如意；也许，生命中的磕磕碰碰时有发生；也许，婚姻里会有一些缺憾。但是，当你回首来路，所有的不如意，所有的磕磕碰碰，都是生命长河中的点点涟漪，飞跃的浪花。

都说人生是一场单行道，没有退路。是的，无论荆棘，无论坎坷，只要向前，不言放弃。学会接纳风霜雨雪，静听花开花落，笑看云卷云舒，把自己陶醉在自然风景之中，相信你的世界一定满是芬芳。

（原载于2018年10月6日《骆马湖文学》）

椰子汁的味道

长这么大，我喝过三次椰子汁，纯天然的椰子汁。

第一次喝到椰子汁是在我的童年。记得一个夏天的晚上，我们一家人在院子里乘凉，邻居二婶匆匆来到我家，神秘兮兮地对我说："丫头，到我家去，有好东西给你吃。"说完，拉起我的手就走。

来到二婶家院子，才发现院子里有好多小孩。当时，我们小村有十多户人家，大概是各家的孩子都来了吧！这时，我看见二叔从堂屋走出来，手里捧着一个圆圆的东西，借着月光，看那形状像个西瓜，颜色也如西瓜一般。二叔说："孩子们，你看这是什么？"我们都好奇地盯着二叔手里那圆圆的家伙，摇晃着脑袋说："不知道"，"没见过"。二叔兴奋地说："这是从海南带来的椰子，长在树上的，那树很高，有俺院子里的这棵泡桐树那么高呢！"二叔边说边用手比画着，我们的眼睛都顺着二叔的比画，看向院子里那棵高过房顶的大树。我当时惊奇地想：那么高的树啊！能结那么大的果子？二叔又说："这果实主要是喝它的汁水，我把椰子汁倒在碗里，你们一人喝一口。"

记不得二叔是怎样把那里面的汁水倒在碗里的，只记得小伙伴们个个争着先喝。喝完椰子汁，大家都说好喝好喝。有的说像蜜一样甜，有的说像爷爷喝的糖茶味儿……

那个晚上，小伙伴们兴奋不已，不肯归去。在二叔家院子里唱歌，做游戏，尽情玩耍，欢快的笑声久久回荡在小村庄的夜空。

现在，已经记不起那一口椰子汁的具体味道，只记得夏天的晚上，在满院子的笑声里，喝着它，有一股凉爽爽甜丝丝的感觉。我记得最清楚的是，那是二叔从海南带来的，长在高大树上的果实。海南在哪儿？我心里想：一定很远，是不是在天边？我甚至把它和国外联系起来。后来，我读小学了，知道了海南是我国的南大门。每当在挂历上或电影上看到海南风光、高大的椰子树时，我就会骄傲地告诉身边的人：我喝过椰子汁！

几年前，老公去海南旅行，回来时带了几个新鲜的椰子，分给几家亲戚之后，我们家只剩下一个，儿子迫不及待地要爸爸打开来。懂事的儿子端着椰子汁跑到厨房，一定让我先喝。

我喝了一小口说："甜！"

"妈妈再喝一口！"一脸稚气的儿子，说话间让人心疼。

"你喝吧，妈妈小时候喝过，一样的味儿，妈妈要做饭。"

其实，做饭是假，把来自"天涯海角"的稀罕物留给儿子是真。

前不久，朋友从海南回来，给我带来一个椰子，放在家里许多天，没有人想起它。一个周末的晚上，我看着外皮已经长霉点的椰子对老公说："打开来，我们分享吧！"老公笑着学我的口气："我们分享吧！我还不知道你呀，恨不能给求学的儿子寄上一杯。"他学我时，故意把"我们"两个字说得很重。我轻轻地笑了。

喝着老公递来的椰子汁，不浓不淡的甜，正适口。再喝一口，凉丝丝，沁入心底。我对老公说："你觉得它像什么味儿？""什么味儿？"老公问。"荸荠味儿啊！"我说。他说："的确是那样的味儿，感觉还有点地瓜的味道。""哈哈，我怎么才知道椰子汁的味道呢？"老公故作深沉地说："过些年再喝，你更能够品出其中的味道！"

就这样，在这个周末的晚上，我俩手捧椰子汁，相对而坐，细细地品着，慢慢地聊着。童年那一小口还没有来得及品尝就咽到肚子里的椰子汁，给了我无穷的乐趣和无限的想象，给了我无比的骄傲与自豪，更给了我无法忘怀的乡情。尽管如今水果店里新鲜的水果琳琅满目，网店与超市的椰子汁随处可见。然而，在那物质匮乏的年代，那第一口椰子汁伴着乡音滋润了我饥渴的童年，留给我一份淳朴的乡情，温暖着我童真的记忆。几年前儿子端到我嘴边的椰子汁，让我感到甜蜜、温馨与感动。眼前的悠闲与幸福，相知与相伴，会让我珍惜一辈子，品味一生。

人生，就如一杯椰子汁，看似平淡，它有尝不尽的甘甜，说不尽的幸福，只要你用心去品味。

（原载于 2017 年 9 月 6 日《骆马湖文学》）

寄南林水保班的孩子们

——写给即将大学毕业的儿子以及他的同学

孩子们：

四年前，你们走近了梦寐以求的大学校园，一切都是那么新奇，那么令人向往，就连我们这些做家长的也感到无比兴奋。走进你们的校园，第一感觉是：南林好大啊！校园雕塑、苍松翠竹、林荫大道，还有那些怀抱书本匆匆前行的学子们，都引发我们青春的怀想，活跃着我们积极的灵魂。我们感受到了校园环境的优美、文化底蕴的深厚、积极进取的精神。图书馆、逸夫楼、体育场、高大的教学楼等现代化教学设施、还有正在兴建中的研究生大楼，令我们耳目一新，望学府兴叹。一排排宿舍楼、好几个学生食堂，都令我们这些做家长的放心。

光阴似箭，转眼间，你们走过了四年，你们毕业了，真的不敢相信啊！你们真的就要离开生活了四年的大学校园了吗？你们真的就要告别你们的恩师、告别你朝夕相处的同学了吗？

一切都是真的！四年，你们丰富了知识、锻炼了才干、懂得了责任，你们长大了、成熟了、羽翼丰满了，你们就要飞翔了。

你们真的毕业了，2011 这个夏天，你们完成了毕业设计、论文答辩，带着心事完成了一次毕业旅游，你们完成了毕业照，接到了老师亲手颁发给你们的学士学位证书和毕业证书，你们就着眼泪喝下了毕业酒，你们抹着鼻涕收拾行囊！

回头再看一眼亲爱的校园，向恩师道一声“谢谢”，拥抱一下亲爱的“弟兄”，离别就在眼前了！

怎么舍得曾经像家一样的宿舍、教室、食堂？怎能忘记那个教五楼，几个寒暑，抱着热水杯、摇着小折扇坐在那里苦读的教五楼？怎能忘记樱花路、香樟院、青年广场、带给你们无比满足的小超市？还有后山，后街……

孩子们，一年后，两年后，三年五载，十年，二十年……你们都要记得再回校园，再谢恩师，汇报你们的成绩，叙说你们的生活，还有你们幸福的家庭！

孩子们！今天我这样称呼你们，因为你们还是个学生；明天，你们踏入社会，你们不再是一个孩子了，你们是社会一分子。社会对你们要重新审视，社会将给你们提出更高的要求，同时，社会也会给你们提供更为广阔的天地，更宽广的舞台。希望你们充分利用你们的才能，利用南林给予你们的能量，回报社会。

孩子们，收拾情绪，出发吧！

条条大路通罗马，走入社会，人生的大学才开始，我们相信，你们会有所作为，无论在哪个岗位上，你们都是好样的，明天的你们一定是南林的骄傲，也是我们家长的骄傲！我们相信！！！

崔博妈妈写于 2011.06.19 下午

人生如牌

2014 年的最后一天，早上点名的时候，年级组主任兴奋地通知大家："为了喜迎新年，学校组织一次掼蛋比赛，希望大家到年级组报名，积极参与，参加者都有纪念奖。"

年级组要求两个人组合报名。为了参与的快乐，也为冲着那个纪念奖，我和同事杜艳组合报了名。

下午一点钟，三个年级组的掼蛋比赛同时开始了。我们年级组的比赛场地就在我们办公室。大家平时工作那么紧张，哪里有这么个大好机会来放松？比赛不比赛是次要的，大家玩个开心，玩个痛快才是重点。于是几个小组同时开战，平时严肃、认真、安静的办公室，顿时呈现出一派热火朝天的气氛。

为了快速进行，学校要求预赛中只打小 2，三局两胜，各年级组胜出的冠军，将要代表本年级组参加学校总决赛。

对于一年摸不了几回牌的我们，这一刻，难得放下工作，放下家庭，放下外面的世界，全身心投入到打牌中去。那真是上阵者酣畅淋漓，围观者跃跃欲试。我和我的对门接牌顺利，出牌大胆，竟然连连获胜。

一切都是出乎意料，我们年级组最后胜出两组四个人中，竟然有我和杜老师。于是，我们年级组两男两女参加了学校的总决赛。

参加总决赛的三个年级组再加上后勤组，共 16 人，其中 4 位是女同胞。

总决赛的程序是：首先自愿组合，四场同时开战。一个回合下来，我们俩又稀里糊涂地打败了三年级组的两位女同胞。接下来，按照要求，最后胜出的 8 人抽签分两组进行比赛。晕晕乎乎中，我们又把三年级组的两位男同胞 pk 下去了。我们年级组的两位主任也战胜了初二两位男同胞，最后胜出的冠军是我们年级组四个人。

得了冠军，没有角逐胜利的喜悦，更没有大家所说的“一路过关斩将”的快哉，倒有几分思考。总结一下：首先，在年级组比赛的时候，我们遇到的对手较弱，是她们给了我们胜出的机会。其次，我和对门杜老师组合较好，因为我们俩是二十多年的同事，同是教语文的，还是学校大院里的邻居，或多或少有一些默契。最后，一路走来，我们运气较好，连连接到好牌。

胜负有时就在一念间，真的不能以一时成败论英雄。更何况打牌就是一场游戏而已！

在我感觉里，打牌的运气非常重要。如果接不到好牌，再好的技术也无济于事。其次，对门很重要。与对门相互默契，相互配合，愿意付出，冲锋在前，敢于担当，方可取得共同的胜利。再者，组牌很重要。灵活运用，做到以不变应万变，不同的组合也许就会有不同的结局。

人生其实就像打牌一样，此一时，彼一时，其中有太多的偶然，太多的变数，甚至是意外！就算周密的安排、冷静的思考、周到的打算，但也未必能够如你所愿。

人生如牌！不必计较太多，不必算计太多，也不必看得太远。顺其自然，珍惜眼前，把握现在，活好当下，乃人生大智慧！

（原载于 2017 年 6 月 19 日《盱眙日报》）

“乐园”里的教师们

学校有一个微信群，名叫“团购乐园”，规模仅次于“全体教师工作群”。大家工作之余，就在群里聊点开心事，不谈工作，只说生活，说着说着，一天的疲劳烟消云散。

说是“团购”，你千万不要以为是用来做生意的。如果真有“团购”，那就是谁家的父母在老家种点蔬菜，吃不完，便拿来分享。得到蔬菜的教师会主动发红包致谢。分享者收了红包，钱没“捂热”，很快就发起了“红包雨”，大家不仅吃上了放心菜，而且收获了快乐。

偶尔有的教师发现哪家的水果价廉物美，就帮忙推荐，或者在群里接龙订单，微信付款，商家分装好，贴上姓名，送到学校传达室，教师们下班顺便带回家，省时省力。

庚子年的春节，“新冠病毒”把全国人民困在家里。“团购乐园”少了开心的笑谈，多了叮咛与牵挂；有的教师开始讨论如何安慰居家的学生，有的开始给孩子们写信，鼓励孩子们树立信心，要听话，不恐慌。

过了正月初五，家家准备的年货吃得差不多了。群里开始有人在讨论如何炸京果，做馒头。

我认为自己独家原创的“京果”甜度适中，香脆可口，便在群里自告奋勇地传授制作方法：和面（擀面条硬度的面），擀皮，切条，油炸，滤出，热油炒糖，放京果坯搅拌，边搅拌边撒芝麻（这时候撒芝麻香而不焦）。图片加视频“教学”之后，群里的女教师不断发来她们的“习作”，一盘盘晶莹剔透的芝麻京果闪亮登场。

美女晓云制作的京果，黄亮亮里溢满芝麻的香气，挺有卖相的；佳敏、玲玲的京果虽是不够精致，但也有模有样。群里围绕制作京果话题，热热闹闹地讨论了一个下午。

那天晚上，晓云又做了一份。第二次做得更加成功，装在食品袋里，图片发来，附上一条短信：这是留给楼上白衣天使的，这几天，她在医院抗击疫情，辛苦了。我把京果用双层塑料袋包好，默默地挂在她家门上，发信息告诉她。不见面，不打扰。

那一刻，我们都很感动，为她点赞，也为白衣天使点赞。

接下来的几天，“吃”的话题成为群里热点，女教师们各显身手，开启了美食美图大比拼：油条、包子、花卷、糖饼、手擀面、凉皮，五彩缤纷的创意美食，让我应接不暇，“乐园”简直就是美食坊。曾经课堂上幽默风趣，娓娓道来，课后埋头批改作业的女教师，显然是上得厅堂，下得厨房，教得了学生，辅导得了孩子的贤妻良母角色。

我在群里道：“难怪有人说，‘有一种幸福，叫找一个女教师做老婆’。”群里的男教师们连连点赞。

就在我的感慨发出去之时，男教师老高——我在《小苹果的春天》里写到的那位好脾气的“高老头”，在群里发来一盘刚出锅的葱油饼，那葱油饼，黄里透着亮，亮里透着点葱花绿，满屏清香。

“老高，这是你做的吗？”

“老高真能干！”

“老高的手艺不错啊！”大伙纷纷给老高竖起了大拇指。

老高回复：“老婆在中医院紧急防控，几天没回家了，我做点她最爱吃的葱油饼，一会给她送去。”

群里默然……

有人说，艰难的日子，我们也要努力把它过成一首诗。在“新冠病毒”袭击全国人民的时候，医护人员，警察，社区干部，志愿者，他们积极投身到一场没有硝烟的战斗中，日夜奋战在祖国人民需要的地方，不顾个人安危，同病毒做殊死的斗争。他们没有时间抱怨，没有任何责备。

生活不是用来抱怨的，尤其在全国上下齐心抗疫的艰难时刻，就更不能抱怨。抱怨是对前方战士、对英雄的辜负。

我的眼前出现了一个个战争年代的画面：枪林弹雨的战场，战士们冲锋陷阵，英勇杀敌；后方的妇女们，带娃，做饭，照顾老人，默默地支持出生入死的亲人；姑娘们送别了心上人，河边去洗衣裳，对着清亮的河水梳妆，甜美的歌声回荡在艳阳天里；做军鞋，烙馍馍的大嫂，昼夜辛劳，全力支援前线；小媳妇偷偷跑去救护伤员……

此刻“乐园”里的教师，他们的家人中有医生、警察、公务员，有的十多天不回家，战斗在抗击“新冠病毒”一线。他们没有怨天尤人，而是乐观、积极、务实，用心地把日子过好。

我不禁感动，这群教师，有身为人师的风范；有润物无声的大爱，灾难面前，更有积极乐观应对生活的能力。

因为疫情影响，开学的时间延迟了。教育部下达“停课不停学，开启线上教学”的通知。这群教师，摇身一变，又成了主播。坐在电脑前的他们，知性、优雅、从容，心怀对职业的敬畏，脸上洋溢着春天般的温暖。

（原载于2020年4月16日《宿迁日报》）